Billy Budd

Herman Melville

Billy Budd

Prefácio
Bernardo Carvalho

Ensaio
Cesare Pavese

Tradução
Alexandre Hubner

COSACNAIFY

O objeto do desejo por Bernardo Carvalho, 7

BILLY BUDD, 13

Apêndice

O baleeiro literário por Cesare Pavese, 141

Sugestões de leitura, 153

O objeto do desejo por Bernardo Carvalho

Billy Budd foi escrito entre novembro de 1888 e abril de 1891, ano da morte de Melville, mas só veio a ser publicado em 1924, numa edição limitada, graças à autorização da neta do escritor. É o último texto do autor de *Moby Dick*, sua volta ao universo dos marinheiros ao final de uma vida de dificuldades, incompreensões e de uma carreira literária cujos sucessos de público se resumiram aos dois primeiros livros escritos na juventude, *Typee* e *Omoo*, em que relatava suas aventuras no mar e entre os nativos do Pacífico. O manuscrito de *Billy Budd*, cheio de rasuras, correções, palavras e frases ilegíveis, passou vinte e oito anos guardado numa maleta, depois de a viúva, já sem forças ou coragem para enfrentar o difícil trabalho de decifrá-lo, ter decidido que se tratava de uma obra inacabada.

Billy Budd pode ser lido, entre outras coisas, como uma parábola sobre o confronto entre o bem e o mal, que já estava presente em grande parte da obra anterior de Melville, mas que ressurge aqui sob uma ótica que parece dever bastante à leitura que o autor fez de Schopenhauer no final da vida.

A bordo do HMS Bellipotent, navio de guerra da Marinha britânica transformado pelo escritor em microcosmo de um embate trágico entre natureza e cultura e em palco quase operístico de um consequente dilema entre a justiça e o dever (não foi por acaso que Benjamin Britten viu aí o libreto ideal para uma ópera criada em 1951), o bem é o mundo físico, o mundo da inocência natural, fazendo eco à representação bíblica que tantas vezes se insinua no texto. E o mal é o espírito que, por fraqueza, ao tomar consciência do desejo que acompanha essa inocência, ao senti-lo como um fogo queimando a própria carne, tenta mascará-lo com as artimanhas e as convenções da cultura, as imposturas, os ardis e as intrigas da inteligência.

Nessa parábola ambientada em 1797 (ano especialmente delicado para a Marinha britânica, que não podia se dar o luxo de selecionar seu contingente diante da escassez de voluntários e da necessidade de atuar em várias frentes de batalha, ao mesmo tempo em que se via às voltas com a ameaça interna dos motins), Melville faz o elogio da natureza, que é direta, forte, bela e boa, mas também brutal. Enquanto a cultura é ardilosa, fraca, melíflua e, por vias tortas, igualmente brutal. *Billy Budd* é a força bruta do belo à mercê da intriga dos fariseus. E nisso não há como deixar de ver também algo de nietzschiano nas preocupações do velho escritor nos seus últimos anos.

O "Belo Marujo" é a natureza, "Adão antes da queda". Ao mestre-d'armas Claggart, espécie de polícia do navio, caberá encarnar a cultura, que vem corromper o que não pode dominar ou possuir. Claggart está condenado a reconhecer a natureza que, por ser inocente, não tem consciência de si. O mestre-d'armas é vítima do desejo por ser incapaz de conviver com ele, pelo ciúme de reconhecer no outro o que lhe falta e que no outro é inato e natural: "O que pode haver de mais misterioso do que uma antipatia espontânea e profunda como a que em certos mortais extraordinários é despertada pelo simples aspecto de outro mortal, por mais inocente que este seja, e isto quando não é atiçada por essa mesma inocência?".

O Belo Marujo é o centro de todas as atenções. "Todos o amam." E, no entanto, esta é uma narrativa que só por eufemismo, sarcasmo ou sadismo poderia ser chamada de uma história de amor. Na ambiguidade de uma inocência "tão amável e gentil", mas que também carrega no interior a "valentia do sangue", Billy Budd se entrega com uma "aquiescência impassível", para o bem e para o mal, aos que dele se aproximam e percebem a naturalidade com que se destaca no meio da massa de marinheiros. "Na condição de Belo Marujo, a situação de Billy Budd a bordo da nau de 74 era de certo modo análoga à de uma beldade rústica que fosse transplantada das províncias e posta em competição com as bem-sucedidas damas da corte." A inconsciência de si só o torna ainda mais atraente e surpreendente aos olhos de quem aprendeu a cultivar-se para conquistar um lugar no mundo, ainda mais para o homem de armas, sempre disposto a "adornar-se (...) para o altar e o sacrifício" da guerra, por vanglória e afetação.

Em *Billy Budd*, tudo é físico. O Belo Marujo não tem família, não conhece a sua origem – e a novela acaba por tentar explicar a sua nobreza de caráter pelo próprio sangue, já que ele foi abandonado recém-nascido num cesto forrado de seda, "um filho ilegítimo, decerto de fonte nada ignóbil. A descendência nobre era nele tão evidente como a de um cavalo puro-sangue".

Billy Budd não sabe dizer não. Nesse sentido, tem de alguma forma um parentesco, nem que seja às avessas, com outro célebre personagem de Melville: Bartleby, o escrivão. Bartleby não diz não; apenas repete "prefiro não fazer". Billy Budd, ao contrário, está sempre às ordens. Mas ao mesmo tempo não faz nada: não faz nada para ser acusado do que não fez (é inocente, no bom sentido da palavra) e é incapaz de fazer qualquer coisa para se defender da acusação do que não fez (é inocente, no mau sentido da palavra).

Em sua "inteligência canina", ele não vê e não entende a maldade que o cerca, tanto quanto o capitão Delano não a percebe em outro texto célebre de Melville, *Benito Cereno*. Por estar cego pela sua boa-fé, por seu paternalismo e por seus preconceitos raciais, o capitão Delano não consegue reconhecer o motim num navio negreiro comandado por um fantoche, o refém Benito Cereno. Não percebe o cerco que se fecha ao seu redor e o perigo que corre. Assim também Billy Budd, desprovido de ironia e das dissimulações da cultura, não consegue ler o subtexto do que lhe dizem, nem perceber as segundas intenções que o enredam na tragédia.

"Era raro que formasse julgamentos ágeis sobre qualquer coisa que estivesse além das fronteiras do honesto e do natural." O Belo Marujo não tem humor. "Apesar de afortunadamente agraciado com os encantos da boa saúde, juventude e generosidade, não possuía nenhuma propensão satírica (...). Lidar com a ambiguidade de sentidos e insinuações de toda sorte era algo absolutamente estranho à sua natureza." Seus predicados são físicos, e não é à toa que Melville privilegia as descrições físicas para dar vida também aos outros personagens da tragédia. O espírito aqui é uma decorrência.

É o queixo de Claggart, por exemplo, que primeiro vai denotar sua tendência para a farsa, com base na analogia com outras personalidades históricas. Em *Billy Budd*, Melville faz uma tipificação das personalidades como quem fala de tipos físicos. Trata o espírito como reflexo ou expressão dos atributos físicos, e vice-versa, propondo uma ótica materialista e sensual dos homens.

A índole é inata. A nobreza e a mesquinharia se manifestam no físico, antes mesmo de os personagens abrirem a boca. As relações espirituais são eufemismos para as relações de desejo. Billy Budd é a materialização do desejo, o objeto do desejo. Os marinheiros o chamam de Baby, por sua constituição "jovem e atlética (...) ou por outra mais recôndita razão". É a beleza do marujo que enlouquece o mestre-d'armas; é o que lhe desperta a inveja. Billy Budd é a sua baleia branca.

Na loucura do seu desejo dissimulado, Claggart é talvez o único a bordo a entender em todas as suas consequências mais terríveis o que Billy Budd significa: que o físico é o espírito, que o espírito é físico, o que torna a beleza ainda mais inefável e a põe para além da sua compreensão e autoridade. Tem raiva da "naturalidade" do outro, do que lhe é inato e por isso mesmo indomável, do que só poderá ser destruído pela morte. Tem raiva do que nunca poderá ser ou possuir, por mais que se esforce, por mais que cultive o espírito. Assim como não pode conquistar a beleza do marujo, também não pode se livrar da própria maldade. Sua paixão e sua monomania ("como um incêndio subterrâneo, alastrava-se em seu interior, queimando cada vez mais fundo") vêm da compreensão de que tudo é físico e que, portanto, nunca poderá ser o que não é. É essa a atração da beleza.

"A inveja de Claggart golpeava mais fundo. Se ele olhava de soslaio a boa-pinta, a vitalidade alegre, o gozo franco do verdor da vida que havia em Billy Budd, fazia-o porque essas qualidades combinavam com uma natureza que, em sua simplicidade, como Claggart magneticamente percebia, nunca fora animada pela malícia, nem experimentara a picada reacionária de tal serpente. Para ele, o espírito que se alojava em Billy e olhava para fora através daqueles olhos celestes a servir de janelas, essa inefabilidade, era isso que produzia as covinhas de suas faces coradas, flexionava-lhe as juntas e, dançando em seus cachos louros, alçava-o à preeminente condição de Belo Marujo. Exceção feita a outra pessoa, o mestre-d'armas talvez fosse o único homem a bordo da nau intelectualmente capaz de apreciar de modo adequado o fenômeno moral que se descortinava em Billy Budd."

Em proveito próprio e a despeito de toda inverossimilhança, a inteligência ardilosa de Claggart vai tentar provar ao capitão Vere, outro admirador silencioso da beleza do marujo, que o espírito está separado do corpo e das aparências, vai tentar provar que quem vê cara não vê coração. É, afinal, a sua única chance, o que lhe resta nesta vida e nesse confronto. O astucioso mestre-d'armas não mede consequências para atingir as suas metas. É verdade que, por meio da calúnia, ao imputar uma culpa inventada a Billy Budd, Claggart consegue por fim incorporar ironicamente a inocência que tanto invejara no Belo Marujo. No confronto final entre os dois, por uma trapaça da sorte, ele assume o lugar da vítima: "De um ponto de vista legal, a aparente vítima da tragédia era aquele que ensejara vitimar um homem inocente". O que a sua inteligência farisaica não tinha podido conceber, entretanto, é que, sendo o espírito uma manifestação física, ele só poderia alcançar a inocência que tanto cobiçara quando já estivesse morto.

Billy Budd

BILLY BUDD, MARUJO

[Uma narrativa verídica]

Dedicado ao inglês
JACK CHASE

Esteja onde estiver agora esse grande coração
Aqui na Terra ou ancorado no paraíso

Chefe do cesto da gávea maior
da *United States*,
fragata da Marinha norte-americana,
no ano de 1843

I

Antes do advento dos navios a vapor, ou então com mais frequência do que agora, alguém que perambulasse pelo cais de qualquer porto marítimo de médio ou grande porte teria sua atenção ocasionalmente atraída por um grupo de bronzeados homens do mar, tripulantes de navios de guerra ou de carga vestidos a passeio, gozando o dia de folga em terra firme. Em alguns casos, ladeavam, ou chegavam mesmo a cercar como guarda-costas, uma figura proeminente de sua própria classe, que andava entre eles feito Aldebarã em meio às luzes menos brilhantes da constelação de que faz parte. Essa estrela-guia era o "Belo Marujo" do tempo em que a vida na marinha – fosse ela militar ou mercante – era menos prosaica. Sem dar mostras de vaidade, revelando, ao contrário, a naturalidade despreocupada daqueles em quem a realeza é um traço de caráter, ele parecia aceitar a homenagem espontânea que seus colegas de bordo lhe dedicavam.

Um exemplo até certo ponto notável me vem à lembrança. Em Liverpool, há meio século, vi à sombra do muro imenso e encardido que cercava o Estaleiro do Príncipe (obstáculo há muito removido) um marinheiro de pele tão intensamente negra que só podia tratar-se de um desses africanos nativos em que ainda corre, sem mistura, o sangue de Cam – um sujeito de corpo bem-proporcionado, porém muito mais alto que a média. As duas pontas de um lenço de seda alegre, jogado em volta do pescoço, dançavam sobre o ébano desnudo de seu peito, nas orelhas ele tinha grandes argolas de ouro, e um boné escocês, circundado por uma fita de tecido xadrez, adornava sua bem formada cabeça. Era um dia de julho, o sol estava a pino, e seu rosto, lustroso de suor, irradiava um bom humor bárbaro. Entre investidas gaiatas à direita e à esquerda, com os dentes brancos luzindo à mostra, ele avançava em ruidosa alegria – o centro de um bando de companheiros de bordo. Estes constituíam tamanha variedade de tribos e compleições, que ficariam muito bem marchando sob o comando de Anacharsis Cloots perante a primeira Assembleia Francesa, na condição de representantes da raça humana[1]. A cada tributo espontâneo que os transeuntes prestavam a tal pagode negro – o tributo de uma parada, de um olhar e, com menos frequência, de uma exclamação –, a heterogênea comitiva demonstrava por aquele que os motivava o mesmo tipo de orgulho que os sacerdotes assírios decerto sentiam por seu extraordinário touro esculpido, quando os fiéis diante dele se prostravam.

Retomemos. Se, em certos casos, tinha um quê de Murat náutico[2] ao desembarcar em terra firme, o Belo Marujo do perío-

1 Anacharsis Cloots, pseudônimo de Jean-Batiste du Val-de-Grâce, barão de Cloots (1755-1794), democrata radical e jacobino. Em 17 de junho de 1791, chefiando uma delegação de trinta e seis estrangeiros, Cloots proclamou-se "embaixador da raça humana" e declarou à Assembleia Nacional Francesa que o mundo todo aderia aos ideais democráticos da Revolução. [N. T.]

2 Joachim Murat (1767-1815), marechal do exército de Napoleão, foi feito por este rei de Nápoles (1808-1815), dando então livre curso a seu gosto por aparições públicas pomposas e ostentatórias. [N. T.]

do em questão não lembrava em nada o dandismo de Billy-que-se-dane, figura divertida e quase extinta nos dias de hoje, mas que ainda pode ser ocasionalmente encontrada, sob forma ainda mais engraçada que no original, ao leme de barcos que cruzam o tempestuoso canal de Erie ou, o que é mais provável, vangloriando-se nas tavernas espalhadas ao longo das margens desse canal[3]. Invariavelmente um perito em sua arriscada profissão, também era bastante bom de briga. Reunia força e beleza. Contavam-se histórias sobre seus atos de bravura. Em terra, era o maioral; no mar, o orador; em todo tipo de situação e sempre que se fizesse necessário, era sua a iniciativa. Rizando gáveas e joanetes em meio a um temporal, ei-lo escarranchado no lais da verga a barlavento, pés no estribo, as duas mãos alando o briol feito uma rédea, em posição que muito lembrava o jovem Alexandre contendo seu fogoso Bucéfalo. A cena era soberba: como que golpeado pelos chifres de Touro contra um céu ameaçador, ele animava com brados joviais a fileira de homens tenazes que se estendia ao longo da verga.

E a índole moral raramente deixava de acompanhar o feitio físico. De fato, não fossem por aquela temperados, o vigor e a graça, sempre encantadores quando em másculo amálgama, dificilmente poderiam ser alvo da reverência sincera com que em certos casos o Belo Marujo era agraciado por seus não tão dotados companheiros.

Uma cinosura como essa, ao menos na aparência, e um tanto também na essência, embora com importantes variações que o desenrolar da história tornará evidentes, era o que era Billy Budd – ou Baby Budd, como, em função de circunstâncias

3 Construído entre 1817 E 1825, o canal de Erie liga a cidade de Nova York aos Grandes Lagos. Com quase seiscentos quilômetros de extensão, mas apenas doze metros de largura e um de profundidade, nada tem de "tempestuoso". [N. T.]

a serem aqui relatadas, passou a ser chamado pelos mais próximos –, de olhos azul-celestes, vinte e um anos, gajeiro de proa da armada britânica perto do fim da última década do século XVIII. Não muito antes dos acontecimentos narrados a seguir, ele se pusera a serviço do rei, recrutado em águas inglesas a um navio mercante de regresso à pátria pela HMS *Bellipotent*, uma nau de 74 peças[4] que partia para o exterior e que, como não era incomum naqueles dias agitados, tivera de se lançar ao mar sem contar com o número apropriado de homens em sua tripulação. Tão logo subiu a bordo do navio mercante e o avistou no passadiço – antes mesmo que a tripulação se reunisse formalmente no tombadilho para sua cuidadosa inspeção–, o tenente Ratcliffe deitou as garras sobre Billy. E somente a ele escolheu. Pois, fosse porque os outros homens, quando alinhados à sua frente, se mostrassem imperfeitos demais em comparação a Billy, ou porque hesitara ao se dar conta da falta de braços que afetava o mercador, fosse qual fosse o motivo, o fato é que o oficial se contentou com sua primeira e espontânea opção. Para surpresa da tripulação, embora para total deleite do tenente, Billy não fez nenhuma objeção. Se bem que, na verdade, qualquer objeção fosse tão irrelevante quanto os protestos de um pintassilgo que se deixasse apanhar numa arapuca.

Ao notar essa aquiescência impassível, em que, poder-se-ia dizer, por pouco não havia alguma alegria, o capitão do navio, pego de surpresa, lançou um olhar de censura silenciosa para o

4 Nau de linha que carregava 74 canhões a bordo. A combinação entre poder de fogo e navegação ágil fez dela a nau mais utilizada pelas marinhas de guerra entre fins do século XVIII e início do XIX. Costumava ter cinquenta metros de comprimento, quinze de boca e seis de calado. Pesava aproximadamente 1.600 toneladas e sua tripulação era composta de mais ou menos 650 homens. [N. T.]

marinheiro. O capitão era um desses mortais dignos de apreço que se encontram em todas as ocupações, mesmo as mais humildes – o tipo de pessoa a quem todos qualificariam como "um homem respeitável". Por estranho que pareça, embora fosse um lavrador das águas revoltosas, a vida inteira a dar combate aos intratáveis elementos, não havia nada que sua boa alma amasse mais, de coração, do que um pouco de paz e sossego. Quanto ao mais, tinha cerca de cinquenta anos, certa tendência à obesidade, um rosto simpático, imberbe, de tez agradável – um rosto um tanto balofo, cuja expressão denotava inteligência humana. Num dia bonito, com o vento a favor e tudo o mais em ordem, tinha-se a impressão de que em sua voz ressoava um carrilhão melodioso, o verdadeiro e desimpedido produto de seu mais profundo ser. Agia com muita prudência, muita integridade, e ocasiões havia em que essas virtudes eram fonte de excessiva inquietude para ele. Durante as viagens, quando sua embarcação se aproximava de terra, o capitão Graveling jamais se permitia descanso ou sono. Levava a sério aquelas graves responsabilidades não tão energicamente observadas por outros comandantes.

Ora, enquanto Billy Budd descia ao castelo de proa para pegar suas coisas, o tenente, homem tosco e taludo, de modo algum incomodado com o fato de que o capitão Graveling não se lembrasse de prestar as hospitalidades costumeiras em ocasião tão importuna – omissão causada apenas pela preocupação que lhe tomara o pensamento –, o tenente se convidou sem cerimônia à cabine e também à pequena garrafa que retirou de dentro do paiol de bebidas, receptáculo prontamente identificado por seus olhos experientes. De fato, ele era um daqueles lobos-do-mar em que as privações e os perigos impostos à vida naval pelas terríveis e prolongadas guerras de seu tempo não bastavam para debilitar o impulso inato que os punha em busca de prazeres sensuais. Cumpria sempre lealmente seus deveres, mas os deveres às vezes são obrigações áridas, e ele era a favor da irrigação de tal secura, em todas as ocasiões em que isso fosse possível, com um fertilizante destilado de águas fortes. Ao proprietário da cabine não restou alternativa senão representar à força o papel de anfitrião, com a graça e a alacridade que lhe fossem praticáveis. Dispôs silenciosamente os acessórios indispensáveis à garrafa, um copo e uma jarra d'água, defronte ao hóspede irreprimível. Furtando-se a acompanhá-lo, observou, em seu desolamento, o imperturbável oficial diluir cuidadosamente um pouco da bebida, entorná-la em três goles, devolver o copo, mantendo-o porém ao alcance da mão, e então se ajeitar na cadeira que escolhera para assento, ao mesmo tempo que estalava os lábios com grande satisfação e encarava seu anfitrião.

Uma vez concluídos esses trâmites, o capitão quebrou o silêncio, e em seu tom de voz ocultava-se uma queixa sentida:

– Tenente, o senhor vai tirar de mim o que tenho de melhor, a joia da minha coroa.

– É, eu sei – replicou o outro, resgatando de imediato o copo, em preparação para uma nova dose. – Eu sei, sinto muito.

– Desculpe, mas o senhor não percebe o que isso significa, tenente. Veja bem, antes de esse rapaz subir a bordo, o meu castelo de proa parecia um rinhadeiro. *Foi um período negro na história do Rights*, é o que posso lhe dizer. Eu andava tão aflito que o cachimbo já não me trazia consolo. Então o Billy chegou; e foi como se um padre católico restaurasse a paz numa barafunda de irlandeses. Não que os tenha aconselhado com sermões, ou tenha dito ou feito qualquer coisa de especial; mas era como se emanasse dele uma espécie de virtude, algo que adoçou os mais azedos. Apegaram-se ao Billy como marimbondos ao melaço;

todos, menos o encrenqueiro da turma, aquele grandalhão desmazelado, de barba vermelha que nem fogo. Deve ter sentido inveja do recém-chegado e, imaginando que um "rapaz tão amável e gentil" – era o seu jeito escarninho de se referir a ele quando falava com os outros – dificilmente carregaria valentia no sangue, pôs-se a fazer de tudo para incitá-lo a um arranca-rabo. Billy se aguentou o quanto pôde e até argumentou cordialmente com ele, procurando chamá-lo à razão – Billy se parece um pouco comigo, tenente, uma pessoa para quem qualquer tipo de desentendimento é abominável –, mas de nada adiantou. Um dia, no segundo meio-quarto[5] e na frente de todos, o barba-ruiva, a pretexto de mostrar ao Billy como se corta um bife de alcatra – pois o fulano já foi açougueiro –, desferiu-lhe uma estocada pouco abaixo das costelas. Billy soltou o braço, rápido como um relâmpago. Atrevo-me a dizer que não tinha a intenção de causar nem metade do estrago que fez, mas o fato é que submeteu o paspalhão forçudo a uma sova medonha. Não creio ter demorado mais que meio minuto. E, Deus o abençoe, a rapidez deixou o mazorrão estupefato. Acredite se quiser, tenente, hoje o barba-ruiva morre de amores pelo Billy – ou ele o adora, ou é o maior hipócrita de que já ouvi falar. Mas todos o amam. Alguns lavam-lhe as roupas, remendam-lhe as calças; o carpinteiro, em suas horas de folga, anda fazendo uma bela comodazinha para ele. Não há quem não faça qualquer coisa pelo Billy, e somos como

5 Na marinha, as 24 horas do dia são divididas em "quartos", isto é, turnos de quatro horas em que os marinheiros trabalham e descansam alternadamente. Os "meio-quartos" são dois turnos de duas horas cada que vão das 16h às 18h e das 18h às 20h. Com tal subdivisão, o número total de quartos ao longo do dia fica sendo ímpar, o que possibilita aos marinheiros não fazer os mesmos quartos todos os dias. [N. T.]

uma família feliz. Mas agora, tenente, se esse rapaz partir, bem sei o que acontecerá a bordo do *Rights*. Tão cedo não poderei, depois do jantar, apoiar-me sobre o cabrestante enquanto fumo tranquilamente o meu cachimbo – não, creio que não poderei fazê-lo tão cedo. Ai, tenente, o senhor vai levara joia da minha coroa, o meu pacificador!

E, ao dizer isso, o bom homem de fato teve de se esforçar para conter o soluço que lhe subiu à garganta.

– Bem – disse o tenente, que escutara tudo aquilo com um interesse divertido e deixava-se tomar agora pela jovialidade que a bebida lhe infundia –, benditos sejam os pacificadores, especialmente os bons de briga. Como aquelas 74 belezuras, algumas das quais, como o senhor vê, estão a focinhar as portinholas da belonave que ali está à minha espera – apontou a *Bellipotent* pela janela da cabine. – Coragem, homem! Não se deixe abater desse jeito. Veja, garanto-lhe de antemão o aplauso real. Tenha certeza de que Sua Majestade ficará muito satisfeito em saber que, numa época em que a sua bolacha de campanha não desperta nos marujos a devida cobiça, numa época em que alguns comandantes se ressentem secretamente de ter os serviços de um ou dois de seus marujos requisitados, Sua Majestade, como eu dizia, ficará muito satisfeito em saber que ao menos *um* comandante cede de bom grado ao rei a menina dos olhos de seu rebanho, um marujo que, com lealdade imparcial, não provoca dissensões. Mas por onde anda o meu serafim? Ah – olhou pela porta aberta da cabine –, aí está ele! E, por Júpiter, carrega a cômoda consigo! Apolo com sua maleta de viagem! Meu jovem – saiu da cabine e dirigiu-se a Billy –, não se pode embarcar num navio de guerra com essa caixa enorme. A maioria das caixas que temos lá é de munição. Coloque suas tralhas num saco, moço. Botas e selas para o pessoal da cavalaria, sacos e redes de dormir para a turma da marinha de guerra.

A mudança da cômoda para um saco foi feita. E após supervisionar o desembarque de seu recruta, o tenente desceu também ao escaler, que se afastou do *Rights of Man*. Esse era o nome do navio mercante, embora à moda da marinhagem fosse abreviadamente chamado de *Rights* por seu capitão e seus tripulantes. O pragmático proprietário, um escocês de Dundee, era grande admirador de Thomas Paine, cujo livro em réplica aos ataques de Burke à Revolução Francesa tinha sido publicado havia algum tempo e era conhecido por toda parte.[6] Batizando a embarcação com o título da obra de Paine, o sujeito de Dundee agira à moda de um armador contemporâneo, Stephen Girard, de Filadélfia, cujas inclinações intelectuais – em conformidade com as de sua terra natal e de seus filósofos liberais – ele indicou ao dar a seus navios os nomes de Voltaire, Diderot e assim por diante.

Ora, no momento em que o bote deslizava sob a popa do navio e o oficial e os remadores reparavam no nome ali brasonado – alguns com expressão amarga, outros arreganhando os dentes –, nesse exato instante o novo recruta se ergueu de um salto na proa, onde se sentara seguindo orientação do timoneiro, e acenou com o chapéu para os colegas de bordo, que em silêncio e cheios de pesar o viam partir, apoiados à grinalda, e os saudou com um adeus jovial. A seguir, saudou o próprio navio:

6 O célebre *Rights of Man* ("Direitos do Homem"), de Thomas Paine (1737-1809), causou furor ao ser publicado na Inglaterra, em março de 1791 – no mesmo ano saíram outras oito edições do livro. Em 1792, por conta dos ataques do autor à monarquia, o governo inglês baniu o livro e prendeu seu editor. Acusado de traição, Paine só escapou da cadeia porque já estava a caminho da França. [N. T.]

– E adeus a você também, *Rights of Man* velho de guerra.

– O senhor faça o favor de se sentar! – rugiu o tenente, assumindo de imediato todo o rigor de sua patente, ainda que lhe fosse difícil suprimir um sorriso nos lábios.

Obviamente, a conduta de Billy constituía terrível infração ao código naval. Mas nesse código ele jamais havia sido instruído; em consideração a isso, o tenente dificilmente teria proferido reprimenda tão enérgica, não fosse pela saudação final ao navio – coisa que julgou como um ataque dissimulado da parte do novo recruta, uma crítica velada ao recrutamento em geral, e ao seu próprio em particular. Ainda assim, o mais provável é que, se de fato houvera sátira, não teria sido intencional, pois Billy, apesar de afortunadamente agraciado com os encantos da saúde, da juventude e da generosidade, não possuía nenhuma inclinação satírica. Faltavam-lhe, simultaneamente, a vontade e a destreza sinistra que ela requer. Lidar com duplos sentidos e insinuações de toda sorte era algo absolutamente estranho à sua natureza.

Quanto ao recrutamento forçado, parecia aceitá-lo sem maiores reservas, como era seu costume aceitar as vicissitudes do tempo. À maneira dos animais, embora nada tivesse de filósofo, ele era, na prática e sem o saber, um fatalista. Também é possível que se comprazesse dessa virada aventurosa que a vida proporcionava, com sua promessa de episódios romanescos e agitações bélicas.

A bordo da *Bellipotent*, nosso marinheiro mercante teve logo reconhecida a condição de nauta experiente e foi encarregado de zelar a estibordo pela gávea do traquete. Em pouco tempo, sentia-se à vontade no serviço e, com sua boa-pinta despretensiosa e seu ar de jovialidade despreocupada, não chegava a despertar antipatia. Homem mais feliz em sua desdita não se poderia encontrar, o que contrastava de forma marcante com o estado de espírito de alguns outros indivíduos que, como ele, também haviam sido incluídos na porção de conscritos da guarnição do navio. Pois estes, nos momentos em que não se encontravam ativamente ocupados, e em especial no segundo meio-quarto, quando no horizonte se esboça o crepúsculo que induz ao devaneio, às vezes tendiam a cair num estado de desânimo ao qual, em certos casos, associava-se a casmurrice. Mas não eram tão jovens quanto nosso gajeiro, e não poucos deveriam, em algum momento da vida, ter-se reunido em torno da lareira aconchegante de um lar; outros talvez tivessem deixado mulher e filhos para trás, muito provavelmente em circunstâncias precárias; e dificilmente haveria entre eles quem não possuísse amigos e parentes; ao passo que, no caso de Billy, como em breve se verá, toda a família se resumia a ele mesmo.

II

Embora nosso recém-formado gajeiro tivesse sido bem recebido no topo do mastro e nos conveses de bateria, nem de longe era ali a cinosura que tinha sido entre seus menos prestigiosos companheiros da marinha mercante, em cuja sociedade vivera até então.

Billy era jovem e, apesar do físico quase completamente desenvolvido, parecia mais jovem do que de fato era devido à expressão adolescente que se delongava no rosto ainda liso, quase feminino na pureza de sua tez natural; embora aí, e graças à vida que no mar levava, o lírio já tivesse sido de todo suprimido e à rosa custasse evidente afã enrubescer em meio ao bronzeado.

Para alguém em essência tão noviço na complexidade das convenções sociais, a transição abrupta entre a esfera singela em que ele circulava anteriormente e o mundo mais vasto e sinuoso de uma grande belonave teria sido motivo de considerável constrangimento, caso houvesse em sua constituição algum traço de orgulho ou vaidade. Na turba heterogênea da *Bellipotent* assentavam praça vários indivíduos que, a despeito de ocupar posições inferiores na hierarquia, eram de índole muito pouco ordinária – marujos notavelmente suscetíveis de estampar aquele ar que a submissão contínua à disciplina marcial e a repetida participação em batalhas pode em alguma medida conferir até mesmo ao homem comum. Na condição de Belo Marujo, a situação de Billy Budd a bordo da nau de 74 era de certo modo análoga à de uma beldade rústica que fosse transplantada das províncias e posta em competição com as bem-nascidas damas da corte. Contudo, ele mal se dava conta dessa mudança de circunstâncias. Como também não percebia que, entre os marinheiros, num ou noutro rosto mais endurecido, havia algo nele que despertava sorrisos ambíguos. E tampouco estava ciente do efeito particularmente favorável que sua pessoa e conduta tinham sobre os cavalheiros mais inteligentes do tombadilho. Nem poderia ser de outro modo. Talhado em molde próprio aos mais excelentes exemplares físicos daqueles ingleses em que à estirpe saxã não parece haver adição normanda, nem de qualquer outro elemento externo, Billy exibia na face a tranquila e generosa expressão humana que o escultor grego em alguns casos conferiu a Hércules, seu possante herói. Mais uma vez, porém, isso era sutilmente modificado por outra qualidade difusa. As orelhas, pequenas e bem formadas, a arqueadura dos pés, a curva entre a boca e as narinas, e até mesmo as mãos calejadas, cuja pele assumira a cor fulvo-alaranjada do bico dos tucanos, mãos que diziam ao mesmo tempo das adriças e do balde de alcatrão, e ainda algo em seu movimento corporal, todas as posturas e gestos casuais, algo que sugeria uma mãe eminentemente favorecida pelo Amor e pelas Graças, tudo isso parecia indicar, por estranho que parecesse, uma linhagem em frontal contradição com sua sina. O mistério tornou-se menos misterioso graças a uma informação concreta, obtida quando, junto ao cabrestante, Billy foi formalmente incorporado à marinha. Inquirido pelo oficial, um sujeito baixinho e enérgico, sobre, entre outras coisas, seu local de nascimento, ele respondeu:

– O senhor não repare, mas eu não sei.

– Não sabe onde nasceu? E como se chamava o seu pai?

– Só Deus sabe, senhor.

Desconcertado pela simplicidade franca dessas respostas, o oficial perguntou em seguida:

– Tem alguma ideia de onde veio?

– Não, senhor. Mas ouvi dizer que fui achado num cesto bonito, todo forrado de seda, que um dia apareceu dependurado na aldrava da porta de um homem bondoso, lá em Bristol.

– *Achado*, você diz? Bom – o oficial inclinou a cabeça para trás e examinou o novo recruta de alto a baixo –, no final das contas foi um belo achado. Torço para que encontrem mais alguns como você, meu caro; a armada está precisando muito disso.

Sim, Billy Budd havia sido abandonado pelos pais. Era, podia-se presumir, um filho ilegítimo, decerto de fonte nada ignóbil. Sua descendência nobre era tão evidente quanto a de um cavalo puro-sangue.

Quanto ao mais, com pouca ou nenhuma agudez de espírito, falto de qualquer traço da ciência da serpente, mas sem chegar a ser uma pomba completamente indefesa, ele possuía aquele tipo e grau de inteligência que acompanha a retidão insólita dos seres humanos íntegros – esses indivíduos a que ainda não se ofereceu a suspeita maçã do conhecimento. Era analfabeto, não sabia ler;

mas sabia cantar e, como o rouxinol iletrado, às vezes compunha suas próprias canções.

Consciência de si mesmo ele parecia ter pouca ou nenhuma, ou tanto quanto a que podemos razoavelmente atribuir a um são-bernardo.

Por levar a vida entre os elementos e conhecer da terra pouco mais do que as praias, ou melhor, do que aquela porção do globo terrestre providencialmente reservada aos salões de dança, às rameiras e aos taverneiros, àquilo, em suma, que os marujos chamam de "cocanha dos navegantes", sua natureza simplória não havia tido oportunidade de se sofisticar com as obliquidades morais nem sempre incompatíveis com a coisa fabricável que atende pelo nome de respeitabilidade. Mas serão livres de vícios os marinheiros que frequentam esses paraísos de beira-mar? Não; entretanto, é menos comum que, como ocorre com os homens de terra firme, seus assim chamados vícios nutram-se de deformidades do coração, parecendo, na verdade, provir menos da perversidade do que da exuberância adquirida pelo impulso vital após longo período de constrição: manifestações espontâneas e em conformidade com as leis da natureza. Tendo em vista sua compleição original e a colaboração das influências do destino, em vários aspectos Billy era pouco mais do que um bárbaro impoluto – como se presume que Adão tenha sido antes que a urbana serpente se insinuasse em sua companhia.

E, permitam-nos aqui observar, em aparente corroboração à doutrina da Queda do Homem, doutrina essa hoje popularmente ignorada, que certas virtudes prístinas e autênticas, quando caracterizam alguém que envergue o uniforme externo da civilização, sob escrutínio não se mostram derivadas dos costumes nem das convenções, sendo-lhes ao contrário estranhas, como se de fato proviessem, em excepcional transmissão, de uma época anterior à cidade de Caim e ao homem citadino. Ao paladar não viciado, os indivíduos que se distinguem por essas qualidades oferecem o sabor ilibado das framboesas; ao passo que o homem plenamente civilizado, mesmo se uma amostra valorosa da raça, tem para o mesmo palato moral o ressaibo suspeito dos vinhos rascantes. A qualquer herdeiro desgarrado dessas qualidades primitivas que, como Caspar Hauser, encontre-se errando entorpecido pelas capitais cristãs de nosso tempo, ainda se revela apropriada a famosa invocação dirigida há quase dois mil anos pelo afável poeta ao camponês de bom coração que, longe de suas latitudes, errava pela Roma dos césares:

Pobre e honesto, na voz e na mente a lealdade,
O que te trouxe, Fabiano, à cidade?[7]

Muito embora ostentasse uma formosura masculina como raramente se vê, nosso Belo Marujo tinha, à maneira da bela mulher de um dos contos de Hawthorne, um pequeno defeito. Não uma imperfeição visível, como no caso daquela senhora; não, tratava-se na realidade de um estorvo que vez por outra obstruía sua capacidade vocal. E, embora fosse tudo o que um marinheiro deve ser nos momentos de perigo ou comoção das forças da natureza, sempre que Billy se via sob um ataque que o afrontava nos sentimentos, sua voz, de outro modo singularmente musical, expressão da harmonia interior, tendia a desenvolver uma indecisão orgânica, algo que, de fato, lembrava gagueira ou coisa pior. Nesse particular, ele era um exemplo admirável de como

7 Os versos são do poeta latino Marcial (38/41 d. C.-*circa* 103 d. C.). [N. T.]

aquele interventor velhaco, o invejoso desmancha-prazeres do Éden, ainda tem algo a ver com todo e qualquer lote humano neste planeta Terra. Em quaisquer circunstâncias, de uma maneira ou de outra, ele sempre dá um jeito de imprimir a discreta marca de seu carimbo, como se para nos lembrar: "também tenho minha parte nisto".

O reconhecimento de que o Belo Marujo sofria de tal imperfeição deve evidenciar não apenas que não se trata aqui de mostrálo como herói convencional, mas também que esta história, em que ele figura como personagem principal, não é nenhum romance.

III

Por ocasião do alistamento arbitrário de Billy Budd à *Bellipotent*, essa nau rumava para o Mediterrâneo, a fim de juntar-se à esquadra inglesa ali fundeada. A reunião não tardou a acontecer. Enquanto unidade integrante daquela esquadra, a nau de 74 participava de seus movimentos, ainda que, de tempos em tempos, em razão de sua capacidade superior de navegação e da falta de fragatas, fosse despachada em missões isoladas como escolta ou, às vezes, em serviços menos temporários. Porém isso pouco importa à nossa história, restrita que é à vida interior de um navio específico e à carreira individual de um único marinheiro.

Corria o verão de 1797. Em abril daquele ano, a armada havia sido agitada por distúrbios em Spithead, seguidos, em maio, de uma segunda e ainda mais grave insurreição em Nore. Esta última ficou conhecida pelo epíteto em nada exagerado de "Grande Motim". De fato, o levante representou para a Inglaterra uma ameaça maior do que o proselitismo coetâneo do Diretório Francês, com seus manifestos e exércitos conquistadores. Teve, para o Império Britânico, o mesmo significado que uma greve de bombeiros teria para Londres, caso esta se encontrasse sob o risco de ações incendiárias generalizadas. E foi em meio a essa crise – durante a qual a monarquia bem poderia ter antecipado o famoso sinal que, anos mais tarde, anunciaria ao longo da linha de batalha naval o que a Inglaterra esperava dos ingleses[8] –, foi então que, nos topos dos mastros das naus de três cobertas e das naus de 74 peças atracadas no ancoradouro da armada – aquela que servia de braço direito a um dos raros Estados livres e conservadores ainda existentes no Velho Mundo –, foi então que os marinheiros, que se contavam aos milhares, hastearam e saudaram pavilhões britânicos aos quais a União e a Cruz haviam sido subtraídos, transmudando com tal supressão a bandeira da lei instituída e da liberdade contida no meteórico vermelho do inimigo, o vermelho da desenfreada e desmedida revolta. O compreensível descontentamento gerado pelas práticas injustas no interior da armada fora atiçado a ponto de transformar-se em combustão irracional, como se inflamado por brasas que tivessem atravessado a Mancha empurradas pelo vento, provenientes de uma França em chamas.

Por algum tempo, o evento tingiu de ironia os acordes ardentes de Dibdin – um compositor que prestou não pouco auxílio ao governo inglês naquela conjuntura europeia –, acordes que celebravam, entre outras coisas, a devoção patriótica dos marujos britânicos: "E toda a minha vida dedico ao nosso rei!".

8 Trata-se da senha: "A Inglaterra espera que todos os homens cumpram seu dever", com que o almirante Horatio Nelson (1758-1805) ordenou o início do ataque às forças espanholas e francesas na batalha de Trafalgar (1805). [N. T.]

Esse episódio da grandiosa história naval da Ilha, seus historiadores naturalmente o abreviam; um deles, William James, reconhece candidamente que o omitiria de bom grado se a "imparcialidade não proibisse a arrogância". E, contudo, ao abordar o assunto, em vez de apresentar uma narrativa, James faz simples referência, deixando todos os detalhes de lado. Detalhes que tampouco é fácil encontrar nas bibliotecas. Como outros eventos que em todas as épocas sobrevêm aos mais diversos Estados, inclusive à América, foi tal o caráter do Grande Motim, que o orgulho nacional, somado a certas concepções políticas, ficaria feliz em lançá-lo à obscuridade do esquecimento histórico. Tais acontecimentos não podem ser ignorados, mas há uma maneira circunspecta de tratá-los historicamente. Se os indivíduos bem estabelecidos se abstêm de alardear qualquer coisa imprópria ou calamitosa que venha a suceder em suas famílias, a nação que se encontre em circunstâncias semelhantes pode muito bem, isenta de censura, agir com a mesma discrição.

Após as conversações entre o governo e os líderes dos cestos de gávea, e em face das concessões que o primeiro fez em relação a abusos evidentes, a rebelião inicial, que teve lugar em Spithead, foi suprimida com dificuldade, e os ânimos serenaram temporariamente. Contudo, o ressurgimento imprevisto e em escala ainda maior da insurreição em Nore, realçado, nas conferências que se seguiram, por demandas que as autoridades consideraram não apenas inadmissíveis como insolentes, indicava – se a bandeira vermelha já não fora suficiente para tanto – qual era o espírito que animava os homens. Se enfim houve repressão, esta só foi possível graças, talvez, à inabalável lealdade dos fuzileiros navais e a um reavivamento espontâneo desse mesmo sentimento entre setores influentes das tripulações.

Em certa medida, o motim de Nore pode ser visto como análogo às perturbações provocadas pela irrupção de uma febre contagiosa num corpo de constituição sadia – que dela se livra sem demora.

De todo modo, dentre esses milhares de amotinados estavam alguns dos marujos que, não muito tempo depois, incitados por puro patriotismo, instinto pugnaz, ou ambos, ajudaram Nelson[9] a conquistar um pequeno diadema junto ao Nilo e a coroa das coroas navais em Trafalgar. Tais batalhas, em especial a de Trafalgar, representaram para os amotinados total e grandiosa absolvição. E, no que concerne à dramaticidade dos espetáculos navais e à magnificência heroica dos guerreiros, permanecem, sobretudo a de Trafalgar, inigualáveis nos anais da história humana.

IV

Neste ofício da escrita, por mais que estejamos decididos a permanecer na avenida principal, surgem pelo caminho algumas ruazinhas transversais a cuja tentação não é fácil resistir. Errarei agora por uma delas. Se o leitor se dispuser a me acompanhar, ficarei agradecido. No mínimo, teremos a oportunidade de desfrutar daquele prazer que, perversamente, diz-se haver em pecar, pois um pecado literário a digressão será.

9 Sir Horatio Nelson (1758-1805), almirante da Marinha britânica durante as Guerras Napoleônicas. Graças às vitórias decisivas que obteve em batalhas como a do Nilo (1798), Copenhague (1801) e Trafalgar (1805), transformou-se num dos mais populares heróis militares da Inglaterra. [N. T.]

Decerto não há nada de novo em afirmar que as invenções de nosso tempo provocaram mudanças na arte da guerra naval comparáveis à revolução que a pólvora – trazida pelos europeus da China – causou na arte da guerra como um todo. A primeira arma de fogo europeia, uma engenhoca tosca, foi, como é sabido, desdenhada por muitos cavaleiros, que viram nela um apetrecho vil, quiçá adequado a tecelões covardes demais para cruzar aço contra aço numa luta franca. Todavia, como aconteceu em terra firme, onde o ideal cavalheiresco, conquanto despojado de sua heráldica, não desapareceu com os cavaleiros, tampouco nos mares – ainda que nas refregas marítimas de hoje em dia, por conta das novas circunstâncias, certas exibições de valentia tenham se tornado descabidas –, tampouco nos mares as qualidades nobres de sumidades navais como Dom João de Áustria, Doria, Van Tromp, Jean Bart, a longa linha de almirantes britânicos e os Decaturs americanos de 1812 caíram em desuso com suas muralhas de madeira[10].

Não obstante isso, qualquer um que dê o devido valor ao presente, sem desmerecer o passado, pode ser perdoado por pensar que o velho e solitário casco da nau *Victory* – o navio de Nelson – permanece ancorado em Portsmouth não apenas como um monumento decadente àquela fama incorruptível, mas também como uma repreensão poética, suavizada por seu caráter pitoresco, aos

10 Dom João de Áustria (1547-1578), comandante das forças católicas que venceram a frota turca na batalha de Lepanto (1571), a maior batalha naval do séc. XVI. Andrea Doria (1466-1560), almirante e estadista genovês, principal comandante naval de sua época. Maarten Tromp (1598-1653), segundo homem na linha de comando da armada holandesa nas guerras travadas contra Espanha e Inglaterra na primeira metade do séc. XVII. Jean Bart (1650-1702), pirata e oficial naval francês que se distinguiu por atos de bravura e destreza nas guerras conduzidas por Luís XIV. Stephen Decatur (1779-1820) oficial naval norte-americano que comandou missões importantes na guerra de 1812 contra a Inglaterra. [N. T.]

Monitors e a outros ainda mais possantes couraçados europeus. E isso não somente devido ao aspecto desengonçado de tais embarcações, visto lhes faltar, de modo irreparável, a simetria e as linhas imponentes das velhas belonaves, mas igualmente por outras razões.

Haverá quem, mesmo não sendo completamente inacessível à repreensão poética recém-aludida, sinta-se inclinado, em nome da nova ordem, a aparar o golpe, a ponto de incorrer, se necessário, em iconoclastia. Por exemplo: incitados pela visão da estrela gravada no tombadilho da *Victory*, que indica o lugar onde o Grande Nauta caiu, esses defensores do utilitarismo bélico talvez se animem a fazer insinuações, dando a entender que a ornamentada aparição pública de Nelson em plena batalha foi não somente desnecessária, como contrária aos preceitos militares e, mais ainda, marcada por laivos de imprudência e vaidade. Talvez acrescentem também que o que de fato houve em Trafalgar foi nada menos que um desafio à morte – e a morte veio; não fosse pela bravata, o vitorioso almirante poderia ter sobrevivido à batalha e, assim, em vez de suas últimas e sagazes determinações, pronunciadas à beira da morte, terem sido desconsideradas por aquele que imediatamente o sucedeu no comando, ele próprio, quando a disputa estivesse decidida, poderia ter guiado a esquadra despedaçada de volta ao porto; procedimento esse capaz, talvez, de impedir a deplorável perda de vidas humanas nos naufrágios causados pelo temporal das forças da natureza, que à bélica tempestade se seguiu.

Bem, se deixarmos de lado o fato de que, por várias razões, ancorar a esquadra não era uma manobra propriamente exequível, então os benthamistas da guerra poderiam defender o argumento exposto acima com alguma plausibilidade. Mas o *talvez teria sido* é terreno pantanoso demais para nele edificarmos o que quer que seja. E o certo é inegável que, diante dos numerosíssimos problemas que um entrevero coloca, e em meio à ansiosa preparação para o mesmo na hora de prever os contornos gerais de um combate e as inquietadoras preparações por ele impostas – avançar por uma passagem mortal e mapeá-la, como em Copenhague –, poucos comandantes se notabilizaram por tão meticulosa circunspecção quanto esse que, no calor da batalha, revelou-se um imprudente apregoador de sua pessoa.

A prudência pessoal, mesmo quando ditada por considerações que nada tenham de egoístas, certamente não figura entre as virtudes de um homem de armas; ao passo que o amor excessivo à glória, que confere paixão a outro impulso menos ardente – o honrado senso do dever –, é a primeira dentre elas. Se *Wellington* é um nome que, diferentemente do mais modesto *Nelson*, não chega a soar como trombeta para o sangue da raça, a razão disso talvez se possa inferir do que vai acima. Alfred, na ode fúnebre que compôs para o vencedor de Waterloo, não se arrisca a chamá-lo de o maior soldado de todos os tempos, embora na mesma ode invoque Nelson como "o maior marinheiro desde que começou o nosso mundo".[11]

Em Trafalgar, pouco antes de dar início à batalha, Nelson sentou-se para escrever seu breve testamento e último desejo. Se, ante o pressentimento de que a mais grandiosa de todas as vitórias seria coroada por sua própria e gloriosa morte, uma espécie de motivo sacerdotal o levou a vestir-se com as certidões de brilhantes de seus feitos ilustres; se, portanto, adornar-se para o altar e o sacrifício foi realmente vanglória, então a afetação e a fala empolada acabarão em versos mais heroicos para os grandes dramas e

11 Arthur Wellesley Wellington (1769-1852), comandante do exército britânico durante as Guerras Napoleônicas. Alfred Tennyson (1809-1895), poeta vitoriano. [N. T.]

epopeias; de vez que, nesses versos, o poeta nada mais faz que materializar em poesia os sentimentos exaltados que um homem da têmpera de Nelson, dada a oportunidade, vivifica em atos.

V

Sim, a revolta que eclodiu em Nore foi sufocada. Mas nem todas as injustiças foram corrigidas. Se os fornecedores, por exemplo, não podiam mais recorrer às práticas que são comuns a sua tribo em toda parte, como a provisão de roupas de baixa qualidade e rações estragadas ou em quantidades inferiores às estipuladas, o alistamento forçado, entre outras coisas, continuou em vigor. Há séculos sancionada pelo costume e mantida judicialmente ainda na época em que Mansfield presidia a Câmara dos Lordes,[12] seria impraticável abdicar naquela época dessa maneira de tripular a armada – que hoje se encontra em uma espécie de suspensão temporária, sem jamais ter sido formalmente abandonada. Sua revogação teria mutilado a indispensável armada, toda ela sob velames, sem um único vapor, suas incontáveis velas e milhares de canhões, tudo, enfim, funcionando apenas a base de muito muque; uma armada cuja demanda por homens era ainda mais insaciável porque então se multiplicava em navios de todas as classes, a fim de precaver contingências presentes e futuras, oriundas do continente convulsionado.

O descontentamento prenunciou os Dois Motins e, mais ou menos oculto, a eles sobreviveu. Por isso, não era absurdo temer a

12 William Murray Mansfield (1705-1793), magistrado inglês. Na realidade, Mansfield foi *Lord Chief Justice* (entre 1756 e 1788), segundo cargo na hierarquia do sistema judiciário britânico, subordinado ao presidente da Câmara dos Lordes. [N. T.]

reincidência de desordens esporádicas ou generalizadas. Um exemplo desses temores: no mesmo ano em que transcorre a nossa história, Nelson – então contra-almirante *Sir* Horatio – estava com a esquadra junto à costa da Espanha, quando recebeu a solicitação de transferir sua flâmula da nau *Captain* para a *Theseus*; e pela seguinte razão: tendo esta última acabado de chegar à base, vinda de Nore, onde havia participado do Grande Motim, o estado de espírito da tripulação inspirava cautela e pensou-se que um oficial como Nelson seria o homem certo, não para aterrorizar os marujos, forçando-os a uma sujeição abjeta, mas para reconquistar – à força de sua simples presença e personalidade heroica – uma fidelidade, se não tão entusiástica quanto a sua, ao menos igualmente genuína.

Assim foi que, durante certo tempo, em mais de um tombadilho a ansiedade se fez sentir. Em alto-mar, por precaução, reforçou-se a vigilância contra eventuais recaídas. Combates podiam despontar a qualquer momento. Quando isso acontecia, os tenentes responsáveis pelas baterias sentiam-se por vezes obrigados a permanecer com as espadas desembainhadas às costas dos homens que operavam os canhões.

VI

Contudo, a bordo da nau de 74 em que agora Billy balançava a sua rede, quase nada nas maneiras dos homens e nada que fosse evidente na conduta dos oficiais teria sugerido a um observador comum que o Grande Motim era um evento recente. Nos navios de guerra, a atitude e o comportamento dos oficiais tendem a conformar-se, em seus traços gerais, ao estilo do comandante, isto é, desde que este último conte com a ascendência de caráter que dele se espera.

O Honorável Capitão Edward Fairfax Vere, para mencionar seu título completo, era um solteirão de mais ou menos quarenta anos que se sobressaía pelas qualidades de navegante mesmo em uma época prolífica em renomados homens do mar. Apesar de ligado à mais alta nobreza, seu avanço na carreira naval não se devera de todo a isso. Fazia muito tempo que estava na marinha, participara de várias batalhas, sempre se portando como um oficial que zelava pelo bem-estar de seus homens, porém jamais tolerando infrações disciplinares. Era plenamente versado na ciência de sua profissão e bastante intrépido, a ponto de beirar a temeridade, mas nunca de forma insensata. Por sua bravura nas águas do Caribe, quando atuou como ajudante-de-ordens do Almirante Rodney na vitória excelsa que este obteve sobre De Grasse, tinha sido promovido a capitão.

Em terra firme, envergando trajes civis, poucos o tomariam por marinheiro, sobretudo porque em momento algum ele se permitia enfeitar conversas triviais com expressões náuticas e, grave de atitude, tinha pouca simpatia pela chacota. Não havia desacordo entre esses traços e o fato de ele ser, nas situações em que não se fazia necessária sua intervenção superior, o mais reservado dos homens. Qualquer pessoa alheia à marinharia que visse sair da cabine e aparecer no convés da tolda esse senhor de estatura pouco elevada, sem nenhuma insígnia à mostra, e que reparasse na deferência silenciosa com que à sua passagem os oficiais recuavam para sotavento, poderia tomá-lo por um amigo do rei, um civil a bordo da nau de Sua Majestade, um enviado muito ilustre e discreto a caminho de algum posto importante no exterior. Porém esse comportamento reservado talvez fosse motivado por certa modéstia sincera e viril que por vezes acompanha os homens de temperamento resoluto, uma modéstia presente em todos os momentos que não requerem uma ação mais decidida e que, seja qual for a categoria social em que se manifeste, indica uma virtude de tipo aristocrático. Como acontece com outros indivíduos engajados nos vários departamentos em que têm lugar as atividades mais heroicas do mundo, o capitão Vere, embora bastante pragmático, traía ocasionalmente um ânimo sonhador. Sozinho no tombadilho, a barlavento, com uma mão no cordame, fitava ensimesmado o mar inexpressivo. Se um problema menor fosse então trazido a seu conhecimento, interrompendo-lhe o fluxo dos pensamentos, tendia a exibir sinais de irritabilidade; mas imediatamente se controlava.

Na marinha era popularmente conhecido como o "estelar Vere". E se tal denominação calhou de ser conferida a alguém que, malgrado suas qualidades genuínas, não possuía nenhuma que fosse brilhante, isso se deu da seguinte maneira: um de seus parentes prediletos, lorde Denton, sujeito de grande coração, foi o primeiro a se encontrar com ele e a cumprimentá-lo quando, após o cruzeiro pelo Caribe, Vere chegou à Inglaterra; no dia anterior, ao folhear um exemplar dos poemas de Andrew Marvell, Denton havia deparado – ainda que não pela primeira vez – os versos intitulados "Appleton House", nome de um dos solares rurais de um antepassado que ambos tinham em comum, um homem que tinha sido herói nas guerras do século XVII contra a Alemanha, e no poema havia os seguintes versos:

Isto é assim por teres desde o início
Sido criada em lar que era um paraíso
Onde imperava a disciplina austera
De Fairfax e de sua estelar Vere.

Ao abraçar o primo recém-chegado, saudando-o por tão altaneira participação na grande vitória de Rodney, Denton exclamou, exultante, transbordando de orgulho pelo marujo da família:

– Parabéns, Ed! Parabéns, meu estelar Vere!

O encontro ficou famoso, e como, nas conversas familiares, o prefixo inusitado se prestasse a distinguir prontamente o capitão da *Bellipotent* de outro Vere mais idoso – um parente distante que também era oficial da marinha e ocupava a mesma posição hierárquica –, acabou permanentemente associado ao sobrenome.

VII

Tendo em vista o papel representado pelo comandante da *Bellipotent* nas cenas que em breve se seguirão, pode ser de bom proveito completar o esboço delineado no capítulo anterior.

Além de suas qualidades como oficial da marinha, o capitão Vere era um sujeito excepcional. Ao contrário do sucedido a não poucos marinheiros ingleses de renome, os prolongados e árduos serviços prestados com admirável devoção à pátria não haviam absorvido e *salgado* o homem por inteiro. Possuía acentuada inclinação por tudo o que fosse intelectual. Amava os livros, jamais se fazendo ao largo sem uma biblioteca renovada; compacta, porém abastecida dos melhores títulos. O ócio solitário, em certos casos tão maçante, e com o qual mesmo em missões de guerra os comandantes navais têm de se haver de quando em quando, nunca parecia monótono ao capitão Vere. Sem compartilhar daquele gosto literário que confere menos importância ao conteúdo do que ao veículo de transmissão, suas preferências recaíam sobre os livros para os quais naturalmente propende qualquer mente séria e superna que ocupe neste mundo uma posição ativa de autoridade: livros sobre homens e fatos reais, não importando de que época – história, biografia e escritores não convencionais, como Montaigne, que evitam a linguagem afetada e formal para, de forma sincera e com o espírito do senso comum, filosofar sobre a realidade. Foi seguindo essa linha de leitura que o capitão Vere encontrou a confirmação de suas reflexões mais íntimas – uma confirmação que em vão buscara nos colóquios sociais –, de modo que, em relação aos temas mais fundamentais, haviam-se formado em sua alma algumas convicções inabaláveis, as quais, segundo pressentia, permaneceriam essencialmente inalteradas enquanto sua inteligência não evidenciasse sinais de exaustão. Tendo em vista o período tumultuoso em que o destino o lançara, isso era bom para ele. Suas convicções firmes serviam de dique contra as águas invasoras das novas ideias – ideias sociais, políticas e de outros tipos – que levavam naqueles dias tantas cabeças de roldão – cabeças de natureza não inferior à sua. Enquanto outros membros da aristocracia, à qual por nascimento ele pertencia, exasperavam-se com os renovadores porque suas teorias eram hostis às classes privilegiadas, o capitão Vere se opunha a elas com isenção, não apenas por não lhe parecerem suscetíveis de tomar corpo em instituições duradouras, mas também por considerá-las contrárias à paz entre os homens e ao verdadeiro bem-estar da espécie humana.

Dotados de um intelecto menos fornido que o seu, e de uma índole menos séria, alguns oficiais de mesma patente que a sua, com quem vez por outra ele era obrigado a conviver, consideravam faltar-lhe o atributo da sociabilidade e viam nele um homem enfadonho e livresco. Quando o capitão Vere se retirava da companhia dos demais, era frequente que em diálogos reservados fosse alvo de comentários do tipo: "O Vere é um sujeito excelente. Estelar Vere! Não importa o que diga o diário oficial; no fundo, *Sir* Horatio" (aquele que viria a se tornar lorde Nelson), "como marujo ou soldado, não é melhor do que ele. Mas, cá entre nós, vocês não acham que o Vere se comporta de um jeito esquisito, pedante? Não acham que ele age como se fosse um fio de carreta do rei metido num rolo de cabo naval?"

Esse tipo de censura à socapa até tinha algum fundamento aparente; pois além de jamais descambar para o jocosamente familiar, quando se punha a ilustrar qualquer questão que dissesse respeito aos empolgantes personagens e acontecimentos da atualidade de então, o capitão Vere citava tanto figuras e episódios históricos da Antiguidade, como de tempos mais modernos. Não parecia atentar para a circunstância de que as alusões remotas, por pertinentes que fossem, soavam de todo estranhas àqueles homens durões, cujas leituras restringiam-se sobretudo aos jornais. Considerações como essa, porém, não são fáceis para homens da índole do capitão. Sua honestidade lhes prescreve firmeza de rumo – em certos casos, de curso tão longo quanto o das aves migratórias, que durante o voo jamais reparam nas fronteiras que vão atravessando.

VIII

Não será preciso particularizar aqui os tenentes e demais cavalheiros de patente que integravam o corpo de auxiliares do capitão Vere, tampouco se fazendo necessária qualquer menção aos oficiais subalternos. Contudo, havia entre os suboficiais um sujeito que, por ter muito a ver com a história, também deve ser logo apresentado. Ensaiarei o seu retrato, embora saiba que jamais conseguirei traçá-lo a contento. Trata-se de John Claggart, o mestre-d'armas, posto que talvez pareça um tanto obscuro aos homens de terra firme. Originalmente, a função desses suboficiais era instruir os marinheiros no uso das armas: espada ou alfanje. Há muito tempo, porém, em decorrência do avanço na fabricação de armamentos, que tornou os embates corpo a corpo menos frequentes e concedeu ao nitro e ao enxofre preeminência sobre o aço, essa função deixou de existir, tendo o mestre-d'armas dos grandes navios de guerra se transformado numa espécie de chefe de polícia, encarregado, entre outras coisas, de manter a ordem nas populosas cobertas.

Claggart tinha em torno de trinta e cinco anos, e apesar de ser um tanto magro e alto, no conjunto não fazia má figura. Suas mãos eram pequenas e elegantes demais para que tivessem sido acostumadas ao trabalho pesado. Possuía um rosto notável, em que todas as linhas, à exceção das do queixo, pareciam talhadas com o primor de um medalhão grego. Porém o queixo, sem barba, à maneira de Tecumseh, [13] distinguia-se por ser estranhamente largo e protuberante, lembrando as gravuras do reverendo dr. Titus Oates, o histórico depoente de fala clerical arrastada que viveu na época de Carlos II e da farsa que foi a suposta conspiração papista.[14] Seus

13 Tecumseh (1768-1813), importante chefe da tribo Shawnee que se esforçou pela união intertribal dos índios norte-americanos e liderou a resistência ao domínio dos colonizadores europeus na região do vale do rio Ohio. [N. T.]

14 Titus Oates (1649-1705), pastor anglicano que fingiu se converter ao catolicismo. No ano seguinte à sua "conversão", criou e divulgou a farsa – que gerou pânico entre os ingleses – segundo a qual os jesuítas conspiravam para assassinar o rei Carlos II e coroar o irmão católico deste, o duque de York (que posteriormente chegou ao trono como James II). [N. T.]

olhos podiam assumir uma expressão tutelar, coisa que o auxiliava no exercício do posto. Sua testa era do tipo frenologicamente associado aos intelectos que sobressaem à média. Cachos de cabelos sedosos da cor do azeviche descaíam sobre ela, realçando a palidez do rosto – uma palidez tingida de leve tom âmbar, semelhante ao matiz dos mármores antigos, desbotados pelo tempo. E essa tez – que contrastava de forma inopinada com as faces vermelhas ou intensamente bronzeadas dos marinheiros e que em parte resultava da falta de luz solar que o cargo lhe impunha –, conquanto não fosse exatamente desagradável, parecia indicar a presença de algo defeituoso ou anormal em sua constituição e em seu sangue. Todavia, seu aspecto geral e suas maneiras sugeriam uma educação e uma carreira de tal modo incongruentes com suas funções navais que, quando não envolvido ativamente nelas, Claggart parecia um homem de alto nível social e moral, fazendo-se passar incógnito por motivos particulares. Sobre sua vida pregressa, nada se sabia. Talvez fosse inglês; mas em sua fala se entrevia certo sotaque que fazia aventar a possibilidade de que não o fosse por nascimento, e sim por naturalização na primeira infância. Entre alguns linguarudos grisalhos do castelo de proa e dos conveses de bateria corria em sigilo o rumor de que o mestre-d'armas era um *chevalier*,[15] e que ele teria se alistado voluntariamente na marinha a fim de reparar algum tipo de falcatrua misteriosa em virtude da qual fora denunciado perante o tribunal do rei. O fato de que ninguém pudesse comprovar o boato de nada servia, obviamente, para impedir-lhe a circulação clandestina. No período de que trata esta narrativa, tais rumores, uma vez disseminados pelos conveses de bateria, e

15 *Chevalier of fortune*, sujeito ardiloso que ganha a vida com artimanhas; vigarista,trapaceiro. [N. T.]

exceto quando se referiam a um oficial de patente mais alta, jamais pareciam desprovidos de credibilidade aos gorgotas sabichões da tripulação de um navio de guerra. E, realmente, que um homem com as aptidões de Claggart, sem nenhuma experiência náutica prévia, ingressasse na marinha em idade madura, como ele havia feito, tendo obrigatoriamente de iniciar pelos postos mais baixos, e que esse homem jamais aludisse à sua vida anterior em terra firme – essas eram circunstâncias em que a escassez de informações mais precisas sobre seus verdadeiros antecedentes oferecia aos invejosos uma área nebulosa, propícia às conjecturas maledicentes.

No entanto, os mexericos que corriam sobre Claggart durante o meio-quarto extraíam uma vaga plausibilidade do fato de que, naquela altura, fazia algum tempo que a Marinha britânica não podia se dar ao luxo de agir com muito melindre no preenchimento das relações de alistados, que não apenas era notória a ação dos pelotões de recrutamento no exterior, no mar e em terra, como também era pouco ou nenhum o segredo que pairava sobre outra questão, a saber, que a polícia londrina tinha liberdade para capturar qualquer indivíduo suspeito que parecesse robusto e saudável, qualquer sujeito sobre o qual pairasse a mínima desconfiança, e despachá-lo de forma sumária para o arsenal da marinha ou enviá-lo diretamente para algum dos navios da armada. Além disso, mesmo entre os recrutas voluntários, havia casos em que o alistamento não era motivado por impulso patriótico e tampouco decorria de um desejo estouvado de conhecer a vida em alto-mar e de participar de aventuras bélicas. Para os pequenos devedores insolventes e para os defraudadores promíscuos da moralidade, a marinha representava um refúgio conveniente e seguro – seguro porque, uma vez alistados e a bordo de um dos navios do rei, encontravam-se em santuário comparável ao de que dispunham os transgressores na Idade Média, quando se abrigavam à sombra dos altares. Essas irregularidades, que o governo sancionava, ainda que, por razões óbvias, dificilmente ousasse alardear na época e que, por conseguinte, mas também por afetar a classe menos influente da humanidade, foram quase de todo esquecidas, emprestam cores a algo cuja veracidade não asseguro e que, assim, hesito um pouco em afirmar; algo que me lembro de ter visto nalguma página impressa, embora não consiga recordar de qual livro; se bem que a mesma coisa também me foi relatada pessoalmente há mais de quarenta anos por um velho pensionista que tinha um tricórnio na cabeça, um negro de Baltimore, veterano da batalha de Trafalgar, com quem desfrutei de um diálogo dos mais interessantes no terraço de Greenwich. E o que ele me disse foi o seguinte: no caso de um navio de guerra que contasse com menos braços do que o necessário e se visse ante a urgência de fazer-se ao mar, a cota faltante, não havendo outro modo, era preenchida por conscritos selecionados diretamente nos calabouços. Pelos motivos previamente aludidos, hoje não seria fácil comprovar ou rejeitar tal alegação. Mas, se lhe déssemos crédito, como não seria representativa das dificuldades que à época se antepunham à Inglaterra, quando as guerras, como uma revoada de harpias, erguiam-se com gritos estridentes entre os estrondos e a poeira levantada pela queda da Bastilha. Tal período nos parece razoavelmente claro e bem delineado, pois o examinamos em retrospectiva e apenas lemos sobre ele. Porém aos avós daqueles dentre nós que já têm as barbas grisalhas, aos mais meditabundos deles, seu feitio assumia aspecto semelhante ao do Espírito do Cabo em Camões, uma ameaça eclipsante, enigmática e portentosa. Nem a América ficou alheia à apreensão. No auge das inigualáveis conquistas de Napoleão, alguns americanos que tinham lutado em Bunker Hill [16] anteviam a possibilidade de que o Atlântico se revelasse barreira insuficiente contra os desígnios últimos desse prodigioso filho francês da Fortuna, parido pelo caos revolucionário e aparentemente disposto a cumprir o julgamento vaticinado no Apocalipse.

Contudo, pouco crédito merece a boataria de convés a respeito de Claggart, já que ninguém que ocupe esse posto num navio de guerra deve nutrir esperanças de granjear a estima da tripulação. Ademais, nos comentários depreciativos que fazem sobre pessoas por quem nutrem ressentimentos ou que por alguma – ou nenhuma – razão detestem, os marujos muito se parecem com os homens de terra firme: tendem ao exagero e à ficção.

O que os marinheiros da *Belipottent* de fato sabiam sobre a carreira do mestre-d'armas antes de seu ingresso no serviço militar correspondia ao que os astrônomos sabem sobre os trajetos percorridos pelos cometas antes de sua primeira aparição nos céus. O veredicto dos abelhudos do mar foi citado aqui apenas com o intuito de mostrar o tipo de impressão moral que esse homem exercia sobre naturezas rudes e incultas, cujas concepções sobre a perversidade humana eram necessariamente as mais estreitas, limitando-se a ideias de patifaria vulgar – um ladrão entre as redes balançantes num dos quartos noturnos, ou os vigaristas e trapaceiros que rondam os portos marítimos, especialistas no ataque a matalotes.

Contudo, não era invenção, e sim realidade o fato de que, conforme aludido anteriormente, ao sentar praça na marinha,

16 A batalha de Bunker Hill, travada em 17 de junho de 1775, foi o primeiro grande confronto militar da Guerra de Independência dos EUA. [N. T.]

o novato Claggart foi designado para a seção menos nobre da tripulação dos navios de guerra. Ocorre que, lançando-se então ao trabalho pesado, não ficou lá por muito tempo. A capacidade superior de que logo deu mostras, a sobriedade que lhe era inerente, a deferência insinuante com que tratava os superiores, em conjunto com o singular caráter perscrutador que numa dada ocasião revelou, tudo isso, arrematado por certo patriotismo austero, promoveu-o abruptamente à posição de mestre-d'armas.

Os subordinados imediatos desse chefe de polícia do mar, os assim chamados "cabos", distinguiam-se pela obediência servil; e isso, como se observa em certos departamentos empresariais de terra firme, em grau quase inconsistente com toda volição moral. O posto permitia ao mestre-d'armas estender vários fios convergentes de influência subterrânea, com os quais podia, por meio da manipulação astuciosa de seus subalternos, causar desconfortos misteriosos, quando não coisa pior, a qualquer um dos integrantes da ralé maruja.

IX

A vida na gávea do traquete combinava com Billy Budd. Lá em cima, quando não estavam ocupados com as vergas mais altas desse mastro, os gajeiros, que eram selecionados pela juventude e pela diligência, formavam um clube aéreo, tranquilamente debruçados sobre o acolchoado das varredouras menores, enroladas à verga do velacho, contando histórias intermináveis, como os deuses preguiçosos, e amiúde se entretendo com o que acontecia mais abaixo, no mundo agitado dos conveses.

Não admira, pois, que um jovem do temperamento de Billy se sentisse bastante satisfeito em tal companhia. Sem jamais ofender a ninguém, estava sempre pronto para atender a qualquer chamado. te. Agora, porém, mostrava-se tão minucioso no cumprimento de seus deveres, que isso às vezes levava seus colegas de gávea a rirem-se dele benevolamente. Esse entusiasmo intensificado tinha sua razão de ser, qual seja, a impressão que lhe ficara após assistir pela primeira vez na vida à aplicação de um açoitamento formal sobre o passadiço; coisa que aconteceu no dia seguinte ao seu recrutamento. O supliciado foi um rapaz baixote, um dos grumetes de ré, que tinha-se ausentado do posto para o qual havia sido designado no momento em que a nau estava prestes a virar de bordo – negligência que representa sério obstáculo a essa manobra, dada a grande agilidade no brandear e rondar de cabos que ela exige. Quando Billy viu as costas nuas do infrator sendo recortadas pelos vergões vermelhos que o chicote imprimia e, pior, quando, finda a tortura, notou o semblante atroz que o camarada estampava no rosto ao apanhar a camisa de algodão que o carrasco lhe atirara e correr rapidamente para longe dali, submergindo no ajuntamento de marinheiros, Billy ficou horrorizado. Decidiu que jamais incorreria em descuidos que o sujeitassem a esse tipo de aflição, nem faria ou omitiria absolutamente nada que pudesse merecer sequer uma repreensão verbal. Qual então não foi sua surpresa quando começou a ver-se ocasionalmente envolvido em pequenos apuros, relacionados, por exemplo, à arrumação de seu saco de viagem ou a alguma incorreção em sua rede, questões que permaneciam sob a supervisão policial dos cabos responsáveis pelas cobertas e que levaram um deles a lhe dirigir uma vaga ameaça.

Sendo tão cuidadoso com todas as coisas, como podia algo assim acontecer? Não conseguia entender; e isso o deixava ainda mais atormentado. Quando falou com seus jovens colegas de gávea sobre o assunto, alguns mostraram-se ligeiramente incrédulos, outros acharam sua manifesta ansiedade um tanto cômica.

– Algo de errado com o seu saco, Billy? – indagou um deles. – Meta-se lá dentro, meu chapa. Assim saberá com certeza se alguém mexe nele.

Havia, contudo, um veterano a bordo, cujos anos avançados começavam a desqualificá-lo para trabalhos mais vigorosos e que por isso tinha sido recentemente incorporado à turma que cuidava do mastro grande, ficando a seu encargo vistoriar os cabos atados à amurada em torno daquela grande antena nas proximidades do convés. O gajeiro havia travado alguma amizade com o sujeito nos momentos de descanso e agora, em vista de suas dificuldades, ocorreu-lhe ser ele a pessoa certa junto a quem buscar conselhos sábios. Tratava-se de um velho dinamarquês, o Dano, há tempos anglicizado pelo serviço, homem de poucas palavras, muitas rugas e algumas cicatrizes respeitáveis. Seu rosto ressecado, escurecido pelos anos e manchado pelas intempéries feito um pergaminho antigo, fora aqui e ali salpicado de azul pela explosão inadvertida de um cartucho durante uma das refregas navais de que participara.

Uns dois anos antes dos tempos em que se desenrola a presente história, ele fizera parte da tripulação da nau *Agamemnon*, tendo lá servido quando Nelson ainda era o comandante da embarcação, que acabou entrando para a imortalidade da memória naval e que, desaparelhada, com as balizas parcialmente à mostra, surge como um esqueleto grandioso na gravura de

Haden.[17] Na qualidade de integrante do destacamento de abordagem da *Agamemnon*, ele sofrera em uma das faces um corte oblíquo que ia da têmpora à maçã do rosto, depois transformado em longa e pálida cicatriz, à feição de um feixe de luz que no alvorecer lhe rasgasse de viés o cenho escuro. Por causa dessa cicatriz e do incidente em que se produzira, bem como da fisionomia mosqueada de azul, o Dano ficara conhecido junto à tripulação da *Bellipotent* pelo apelido de "Balroa-pau-de-fumo".

Ora, da primeira vez em que seus diminutos olhos de fuinha deram com Billy Budd, certa cruel hilaridade interior fez todas as suas vetustas rugas saltarem num esgar travesso. Teria sua excêntrica, impassível e velha sapiência, de tipo primitivo, visto ou entrevisto algo que, em contraste com o ambiente da belonave,parecesse singularmente impróprio no Belo Marujo? No entanto, depois de vez por outra estudá-lo furtivamente, o velho Merlim do mar alterou a hilaridade equívoca; pois se agora, nas ocasiões em que a dupla se encontrava, aflorava-lhe ao rosto um olhar zombeteiro, este não era senão momentâneo, e algumas vezes dava lugar a uma expressão de curiosidade, como se especulasse sobre o que por fim sucederia a uma índole como aquela, despejada num mundo a que não faltam alçapões e contra cujas sutilezas a coragem simples, desprovida de experiência, sagacidade ou qualquer traço de feiura defensiva é de pouca utilidade, e onde, em situações de emergência moral, toda a inocência de que o homem é capaz nem sempre se presta a aguçar as faculdades ou alumiar a vontade.

17 *Sir* Francis Seymour Haden (1818-1910), cirurgião inglês que se dedicou à composição de gravuras paisagísticas. A gravura *Breaking up of the 'Agamemnon'* se tornou muito conhecida e teve grande sucesso de vendas. [N. T.]

Como quer que fosse, a seu modo ascético o Dano se apegou bastante a Billy. E isso não apenas porque tal figura lhe despertasse interesse filosófico. Havia outro motivo. Embora as excentricidades do velho, que às vezes beiravam o ursino, repelissem os mais moços, Billy, sem se deixar intimidar e venerando-o como a um heroico lobo-do-mar, dirigia-lhe investidas, jamais cruzando com o velho marinheiro da *Agamemnon* sem lhe prestar saudações marcadas por aquele respeito que raramente deixa de agradar os mais idosos, não importa quão ranzinzas e seja qual for a estação da vida em que se encontrem.

Havia uma veia de humor sarcástico ou coisa que o valha no sujeito do mastro grande; e fosse por um acesso de ironia patriarcal em relação à constituição jovem e atlética de Billy, ou por outra e mais recôndita razão, desde o início, quando a ele se dirigia, sempre trocava o Billy por Baby – tendo sido o Dano quem de fato deu origem ao nome pelo qual o gajeiro tornou-se enfim conhecido a bordo da nau.

Pois bem, às voltas com sua dificuldadezinha misteriosa, Billy saiu à procura desse sujeito enrugado e o encontrou em seu meio-quarto de descanso no convés principal, sentado sobre uma caixa de munição, ruminando consigo mesmo e vez por outra inspecionando com olhares um tanto cínicos alguns dos mais ferrabrases dentre os que flanavam por ali. Billy narrou-lhe seus aborrecimentos, mais uma vez se perguntando como aquilo tudo poderia estar acontecendo. O vate do mar escutou atentamente, acompanhando a exposição do gajeiro com contrações esquisitas nas rugas e lampejos enigmáticos nos olhos de fuinha. Ao encerrar a história, o gajeiro perguntou:

– E então, Dano, o que é que acha disso?

O velho ergueu a aba frontal do sueste, coçou com movimentos calculados a longa e oblíqua cicatriz no ponto em que ela adentrava os cabelos ralos e disse laconicamente:

– Baby Budd, Jemmy Legs – referindo-se ao mestre-d'armas – está armando pra cima de você.[18]

– Jemmy Legs! – exclamou Billy, arregalando os olhos celestes. – Pra quê!? Como faria isso se dizem que ele me chama de "rapaz terno e cordial"?

– É desse jeito que ele chama você? Não diga!? – disse sorrindo o homem grisalho. – Ah, Baby, que voz suave tem o Jemmy Legs!

– Não, não é sempre que ele fala desse jeito. Mas comigo sim; quando nos encontramos, é raro que ele não me diga uma palavra gentil.

– E isso é porque ele está armando pra cima de você, Baby Budd.

Tal reiteração, a maneira como foi feita, incompreensível para um novato, deixaram Billy quase tão perturbado quanto o mistério para o qual viera em busca de explicação. Ele ainda tentou arrancar algo que não fosse tão desagradavelmente oracular, mas o velho Quíron do mar, talvez acreditando que houvesse por ora instruído suficientemente seu jovem Aquiles, franziu os lábios, contraiu as rugas todas e se absteve de dizer qualquer coisa mais.

Os anos, e as experiências vividas por certos homens mais sagazes que passam a vida subordinados à vontade de seus superiores, tudo isso levara o Dano a desenvolver um cinismo medular e circunspecto que era sua principal característica.

18 Jemmy Legs (ou Jimmy Legs), apelido que os marinheiros costumavam dar aos mestres-d'armas. [N. T.]

X

No dia seguinte, um incidente serviu para reforçar a incredulidade de Billy Budd quanto à estranha síntese que o Dano fizera do caso submetido a seu exame. Ao meio-dia, a nau singrava em seu curso com o vento soprando à feição, e ele almoçava embaixo, entretido em animada conversa com os camaradas de rancho, quando um bordo repentino fez verter todo o conteúdo de sua tigela de sopa sobre o convés recém-esfregado. Coincidentemente, Claggart, o mestre-d'armas, atravessava nesse exato instante, com a chibata oficial nas mãos, o compartimento da bateria onde o rancho estava instalado, e foi bem em frente a seus pés, cortando-lhe a trajetória, que o líquido untuoso se esparramou pelo chão. Claggart saltou a sujeira e ia seguir adiante sem nada dizer – já que, tendo em vista as circunstâncias, não se tratasse de assunto a reclamar sua intervenção – quando se deu conta de quem havia sido o responsável pelo derramamento. Seu semblante se alterou e ele estacou o passo. Estava prestes a dizer algum impropério, mas conteve-se e, apontando para o caldo entornado, deu com a chibata uma pancadinha de brincadeira nas costas de Billy, dizendo, no tom de voz baixo e musical que às vezes lhe era peculiar:

– Um belo gesto, meu rapaz! Afinal, quem tem graça nunca faz feio!

E, com isso, retomou a caminhada. O que passou despercebido por Billy, pois lhe fugia ao ângulo de visão, foi o sorriso involuntário, melhor dizendo, a careta, de que as equívocas palavras de Claggart fizeram-se acompanhar, comprimindo secamente as finas extremidades de sua bem proporcionada boca. Mas como todos considerassem que a intenção do comentário fora humorística e que, consequentemente, por ter sido feito por um superior, deles demandava o riso "com alegria fingida", assim o fizeram; e Billy, talvez deliciado com a alusão à sua condição de Belo Marujo, acompanhou-os com jovialidade. Em seguida, dirigindo-se aos colegas de rancho, exclamou:

– Vejam só, quem foi que disse que Jemmy Legs estava em cima de mim!

– E quem disse que ele estava, lindote? – indagou surpreso um tal de Donald.

Com o que o gajeiro pareceu um tanto apalermado, de vez que a pergunta lhe trouxe à lembrança o fato de que a única pessoa a sugerir a ideia – a seus olhos nebulosa – de que o mestre-d'armas nutria algum tipo de hostilidade contra ele fora o Balroa-pau-de-fumo. Entrementes, ao retomar seu caminho, esse funcionário deve ter assumido por instantes uma expressão menos comedida do que aquele sorriso cáustico – que lhe usurpara o rosto ao coração –, alguma expressão disforme, talvez, pois um rapazote, um dos tamborileiros da nau, que vinha andando descuidado e faceto na direção oposta, acabou por esbarrar nele e ficou singularmente desconcertado ao reparar em suas feições. Impressão em nada atenuada pela chibatada ardida que o fiscal lhe desferiu com ímpeto, exclamando com veemência:

– Veja lá por onde anda!

XI

O que havia com o mestre-d'armas? E, houvesse o que houvesse, como isso poderia dizer respeito a Billy Budd, com quem, antes do episódio da sopa entornada, ele jamais tivera, oficial ou extraoficialmente, qualquer tipo de contato especial? E que espécie de problema poderia haver com alguém tão pouco inclinado a ofensas como o sujeito que fora o "pacificador" do navio mercante, esse mesmo que nas palavras do próprio Claggart era um "rapaz terno e cordial"? Sim, por que Jemmy Legs estaria, tomando de empréstimo a expressão do Dano, "em cima" do Belo Marujo? Todavia, em seu íntimo, e não sem motivos, como o último encontro acidental talvez indique aos mais perspicazes, no fundo do coração, nos escaninhos secretos do coração, ele certamente estava "em cima" de Billy.

Ora, inventar algo no tocante à vida privada de Claggart, alguma coisa que envolvesse Billy Budd, da qual este último deveria ser totalmente ignorante, algum incidente fabuloso que levasse a crer que o mestre-d'armas já conhecia o jovem marujo antes mesmo de ter posto os olhos nele a bordo da *Bellipotent* – tudo isso, que não seria tão difícil de fazer, poderia servir para, de maneira mais ou menos interessante, dar conta de qualquer enigma que possa se ocultar nesse caso. Mas a verdade é que não se tratava de nada disso. E, ainda assim, a causa que deve necessariamente ser aceita como a única imputável é, com todo o seu realismo, tão profundamente carregada daquele elemento primordial do romance radcliffiano – o misterioso – quanto qualquer outra que o engenho da autora do *Mistérios de Udolpho* teria sido capaz de maquinar.[19] Pois, o que pode haver de mais misterioso do que uma antipatia espontânea e profunda como a que em certos mortais extraordinários é despertada pelo simples aspecto de outro mortal, por mais inocente que este seja, e isso quando não é atiçada por essa mesma inocência?

19 O autor refere-se a Ann Radcliffe (1764-1823) principal romancista do gênero "gótico" inglês. [N. T.]

Ora, não há de existir justaposição de personalidades heterogêneas tão irritante quanto a que se estabelece a bordo de uma grande belonave plenamente tripulada e navegando em alto-mar. Aí, todos os dias, de uma ponta a outra da hierarquia, quase todos os homens acabam por ter maior ou menor contato com quase todos os outros homens. Para evitar por completo até mesmo a visão de um objeto exasperante, a pessoa terá de lançá-lo dali como a um Jonas ou saltar ela própria ao mar. Imagine-se como tudo isso pode, por conseguinte, operar sobre algumas criaturas humanas peculiares, que são o completo oposto dos santos!

Entretanto, para que alguém de temperamento normal possa ter uma compreensão adequada de Claggart, essas indicações são insuficientes. Para passar da normalidade de caráter a ele é preciso atravessar "a área desolada que há no entremeio".[20] E isso se faz melhor por vias indiretas.

Há muito tempo, um honrado estudioso, mais velho que eu, falou-me, referindo-se a um sujeito desses que não existem mais, homem tão impecavelmente respeitável que contra ele nunca se disse nada abertamente, por mais que uns poucos murmurassem alguma coisa:

– Sim, X é uma noz que não se quebra com a pancada do leque de uma dama. Você sabe que não sou partidário de nenhuma religião organizada e muito menos de filosofias transformadas em sistema. Pois bem, por tudo isso, penso que tentar perscrutar o interior de X, adentrar seu labirinto e de lá sair novamente, sem dispor de pistas provenientes de outras fontes que não o

20 A expressão (*the deadly space between*) aparece na balada *The Battle of the Baltic*, em que o poeta escocês Thomas Campbell (1777-1844) celebra a vitória de Nelson na batalha de Copenhague. [N. T.]

chamado "conhecimento do mundo", isso, ao menos para mim, dificilmente seria possível.

– Por quê? – disse eu. – Não obstante x pareça a alguns um objeto de estudo singular, ainda assim é um ser humano, e o conhecimento do mundo indubitavelmente implica o conhecimento da natureza humana, nas suas mais diversas variedades.

– Sim, mas apenas um conhecimento superficial dela, que se presta a objetivos ordinários. No caso de qualquer coisa mais profunda, suspeito que conhecer o mundo e conhecer a natureza humana prendem-se a dois ramos distintos do conhecimento, os quais, embora passíveis de coexistir em um mesmo coração, ainda assim podem existir tendo pouco ou nada do outro a seu lado. E não apenas isso, nos homens vividos e conhecedores dos caminhos deste mundo, o mais comum é que a constante fricção com o próprio mundo entorpeça aqueles lampejos espirituais mais aguçados e indispensáveis à compreensão de certas personalidades excepcionais, sejam elas más ou boas. Em uma questão de relativa importância, vi uma moça levar pelo beiço um velho advogado. Isso não se deveu à caduquice do amor senil; não, nada disso. O caso é que ele conhecia mais o Direito do que o coração da moça. Dificilmente se poderia dizer que Coke e Blackstone[21] tenham lançado tanta luz sobre os obscuros recantos espirituais como os profetas hebreus. E o que eram estes últimos? Em sua maioria, reclusos.

À época, minha inexperiência era tão grande que não pude ver muito bem aonde isso tudo levava. É possível que eu agora o veja. E, decerto, se o léxico que se baseia na Sagrada Escritura tivesse permanecido popular por mais tempo, seria menos difícil

21 Edward Coke (1552-1634) e William Blackstone (1723-1780), renomados juristas britânicos. [N. T.]

definir e denominar certos homens fenomenais. Dadas as circunstâncias, é preciso recorrer a alguma autoridade que não esteja sujeita à acusação de ter sido impregnada pelo elemento bíblico.

Em uma lista de definições incluída na tradução de Platão, uma lista que lhe é atribuída, há a seguinte: "Depravação Inata: uma depravação em consonância com a índole"; definição que, embora cheire a calvinismo, de modo algum implica o dogma de Calvino sobre o conjunto da humanidade. Evidentemente, seu significado indica que a expressão só é aplicável a indivíduos. Os cadafalsos e os cárceres não oferecem muitos exemplos dessa depravação. Como não é temperada por qualquer traço de brutalidade vulgar, sendo ao contrário a intelectualidade seu elemento predominante, quem quiser encontrar amostras notáveis dela precisará procurar em outro lugar. A civilização, sobretudo se do tipo mais austero, lhe é auspiciosa. Ela se envolve no manto da respeitabilidade. Conta sempre com virtudes negativas a lhe servirem de auxiliares silenciosas. Em momento algum permite ao vinho abaixar a sua guarda. Não se vai longe demais em dizer que é livre de vícios e pecados menores, pois seu orgulho extraordinário os rejeita. Jamais age mercenariamente ou com avareza. Em suma, a depravação de que aqui se fala não comunga com nada do que é sórdido ou sensual. É séria, mas não acerba. Embora não faça elogios à humanidade, nunca a detrata.

Todavia, a coisa que em casos insignes distingue uma índole tão excepcional como essa é a seguinte: embora o temperamento sereno e a conduta judiciosa da pessoa pareçam indicar uma mente particularmente sujeita à lei da razão, não obstante isso, tem-se a impressão de que ela se refestela licenciosamente em seu coração, gozando de total imunidade perante essa mesma lei e fazendo uso da razão apenas como apetrecho bifronte que lhe permite levar a efeito o irracional. O que significa dizer: buscando consumar propósitos cuja atrocidade desregrada pareceria ter muito de insana, ela agirá com base em raciocínios friamente sagazes e criteriosos. São indivíduos loucos, e do tipo mais perigoso, pois sua loucura não é perene e sim intermitente, vindo à tona apenas quando provocada por algum objeto especial. E essa demência permanece secretamente protegida, o que vale quase dizer que se contém, de modo que, principalmente em período de grande atividade, não parece diferenciar-se, para as mentes medianas, do juízo perfeito, e isso em função das razões sugeridas acima, a saber, que, sejam quais forem seus intentos – e estes jamais são declarados – o método e os procedimentos dados a ver sempre se caracterizam pela mais absoluta racionalidade.

Ora, Claggart era um desses, em quem a mania da índole perversa não fora engendrada por uma educação torpe nem por livros corruptores, tendo ao contrário nascido com ele e sendo-lhe inata. Resumidamente, "uma depravação em consonância com a índole".

Que palavras mais sinistras, dirão alguns. Mas por quê? Será por haver nelas algo do sabor daquela expressão da Sagrada Escritura: o "mistério da iniquidade"?[22] Se o há, nem de longe tal sabor terá sido intencional, pois de pouco serviria para recomendar estas páginas a grande parte dos leitores de hoje em dia.

O fato de que a presente história se deparasse com a índole oculta do mestre-d'armas foi o que tornou necessário o presente capítulo. Com uma alusão ou outra em conexão com o incidente ocorrido no rancho, cabe à narrativa que a seguir se retoma vindicar, do modo que lhe for possível, sua própria credibilidade.

22 Cf. 2 Tessalonicenses 2, 7. [N. T.]

XII

Já se disse que a aparência de Claggart não era defeituosa e seu rosto, à exceção do queixo, bem modelado. Ele não parecia insensível a esses detalhes favoráveis: além de asseado, vestia-se com esmero. Mas as formas de Billy Budd eram heroicas; e se a seu rosto faltava a expressão intelectual do rosto pálido de Claggart, era não obstante iluminado como o deste último por fonte interna, ainda que a fonte não fosse a mesma. A fogueira de seu coração iluminava o bronzeado róseo de suas faces.

Tendo em vista o contraste marcante entre os dois indivíduos, é mais do que provável que, na última cena descrita, ao aplicar ao marujo o provérbio "quem tem graça nunca faz feio", o mestre-d'armas tenha deixado escapar uma insinuação irônica, da qual não se deram conta os jovens marinheiros que a ouviram, quanto àquilo que inicialmente o incitou contra Billy, a saber, a expressiva beleza pessoal deste último.

Ora, a inveja e a antipatia, paixões irreconciliáveis aos olhos da razão, podem todavia brotar unidas, como Chang e Eng,[23] de um mesmo nascimento. Mas será a inveja, afinal, tamanha monstruosidade? Bem, apesar de não poucos mortais levados a julgamento confessarem-se culpados de atos horríveis na esperança de obter uma pena mitigada, haverá quem já tenha seriamente se declarado culpado de inveja? O fato é que ela contém algo em si que a faz ser universalmente percebida como ainda mais vergonhosa do que

23 Dois irmãos gêmeos unidos por um grosso ligamento muscular junto ao esterno. Nascidos em Sião (então China, hoje Tailândia) em 1811, tornaram-se mundialmente famosos e foi daí que surgiu a expressão "irmãos siameses". Morreram em 1874, em Nova York. [N. T.]

24 Cf. 1 Samuel 18, 8-9. [N. T.]

os crimes abomináveis. Todos a renegam e, além disso, os mais virtuosos tendem à incredulidade quando é imputada a homens inteligentes. Acontece que, por alojar-se no coração, e não no cérebro, nenhum grau de inteligência provê garantias contra ela. Porém, no caso de Claggart, essa paixão não assumia forma vulgar. Tampouco, endereçada como era a Billy Budd, partilhava daquele elemento de ciúme apreensivo que desfigurava o semblante de Saul, quando, desassossegado, ele cismava com o gracioso e jovem Davi.[24] A inveja de Claggart golpeava mais fundo. Se ele olhava de soslaio a boa-pinta, a vitalidade alegre, o gozo franco do verdor da vida que havia em Billy Budd, fazia-o porque essas qualidades combinavam com uma natureza que, em sua simplicidade, como Claggart magneticamente percebia, nunca fora animada pela malícia, nem experimentara a picada reacionária de tal serpente. Para ele, o espírito que se alojava em Billy e olhava para fora através daqueles olhos celestes a servir de janelas, essa inefabilidade – era isso que produzia as covinhas de sua faces coradas, flexionava-lhe as juntas e, dançando em seus cachos louros, alçava-o à preeminente condição de Belo Marujo. Exceção feita a outra pessoa, o mestre-d'armas talvez fosse o único homem a bordo da nau intelectualmente capaz de apreciar de modo adequado o fenômeno moral que se descortinava em Billy Budd. E tal percepção servia apenas para intensificar a paixão que, assumindo várias formas secretas em seu interior, às vezes assumia a do desdém cínico, o desdém da inocência. Ah, não ser mais que inocente! Ainda assim, de um ponto de vista estético, ele compreendia o charme disso, a têmpera corajosa e despreocupada disso, disso que ademais ele teria de bom grado compartilhado, mas de que havia desesperado.

Sem o poder de aniquilar a perversidade que lhe é elementar, mesmo se capaz de prontamente ocultá-la – apreendendo o bem sem, contudo, ter forças para praticá-lo –, que outro recurso resta a uma índole como a de Claggart, sobrecarregada de energia, como quase sempre são tais índoles, senão o de voltar-se sobre si mesma e, à maneira do escorpião, pelo qual o Criador é tão somente responsável, desempenhar até o fim o papel que lhe foi destinado?

XIII

A paixão, a paixão em suas profundezas, não é coisa que demande palcos suntuosos para representar o seu papel. Lá embaixo, entre os que rastejam pelo chão, em meio aos mendigos e catadores de lixo, paixões profundas são encenadas. As circunstâncias que levam a isso, sejam elas insignificantes ou desprezíveis, não se prestam a medir sua intensidade. No caso em questão, faz as vezes de palco um convés recém-esfregado, e entre os motivos aparentes há a sopa entornada pelo marujo de um navio de guerra.

Ora, quando o mestre-d'armas notou de onde vinha aquele líquido untuoso que escorria em frente a seus pés, deve ter considerado tratar-se – talvez de modo até certo ponto deliberado – não do mero acidente que sem dúvida era, mas da vazão furtiva que Billy teria dado ao sentimento espontâneo com o qual mais ou menos revidava sua antipatia. Na realidade, uma demonstração tola, deve ter pensado, e totalmente inofensiva, como o coice inútil de uma novilha, um coice que, se tivesse partido da ferradura de um garanhão, não teria sido tão inofensivo. De fato, uma demonstração tão ingênua que, sobre a bile da inveja, Claggart entornou o ácido sulfúrico do desprezo. Mas o incidente serviu para confirmar alguns informes reveladores que eram levados a seus ouvidos por "Gabiru", um dos cabos mais manhosos, homem pequeno e grisalho, que fora assim apelidado pelos marinheiros por conta de sua voz chiante e do rosto anguloso com que espiava os cantos escuros das cobertas à cata de intrusos – coisa que satiricamente lhes sugeria a ideia de um rato vasculhando o porão.

Do fato de que seu chefe o estivesse empregando como instrumento implícito para plantar pequenas armadilhas destinadas a causar aborrecimentos ao gajeiro – pois que tinham par tido do mestre-d'armas as futricas para as quais se chamou antes a atenção –, desse fato o cabo naturalmente deduziu que seu superior não devia sentir nenhuma afeição pelo marujo e, assim, assumiu para si o encargo, fiel serviçal que era, de instigar tal rancor, comunicando versões deturpadas de certas brincadeiras inocentes que o benévolo gajeiro fazia, além de colocar em sua boca inúmeros epítetos insultuosos que alegava tê-lo ouvido soltar por acaso. Claggart nunca suspeitou da veracidade desses informes, especialmente no tocante aos epítetos, pois sabia muito bem como um mestre-d'armas podia se tornar secretamente impopular, ao menos um mestre-d'armas daqueles tempos, zeloso de suas obrigações, e como em suas conversas reservadas os marujos disparavam contra ele pilhérias e zombarias, a alcunha pela qual o tratavam encerrando, sob a forma de brincadeira, um desrespeito e uma aversão entranhados. De todo modo, tendo em vista a voracidade com que o ódio consome seu pasto, a paixão de Claggart não dependia de fornecedores para se alimentar.

A perversidade mais refinada costuma agir com prudência incomum, pois tem tudo a esconder. E, no caso de uma agressão que não é senão presumida, sua discrição evita, voluntariamente, qualquer esclarecimento ou desengano; não sem relutância, o curso de ação adotado em seguida baseia-se em conjecturas como se se baseasse em certezas. Ademais, a retaliação tende a ocorrer em monstruosa desproporção com a suposta ofensa; afinal, quando terá sido a vingança, com suas exações, outra coisa que não uma usura imoderada? Mas de que modo isso se dava na consciência de Claggart? Pois, malgrado serem as consciências tão diferentes umas das outras como o são as frontes, todo ser inteligente, sem exclusão dos demônios bíblicos que "crêem e tremem",[25] possui a sua. Como a consciência de Claggart advogava apenas em favor de sua vontade, converteu ninharias em ogros, provavelmente recorrendo ao argumento de que, somando-se os supostos epítetos ao motivo atribuído a Billy por derramar a sopa no exato instante em que o fez, estes, se é que não havia outros, eram indícios fortes o bastante para incriminá-lo; mais ainda, justificavam a animosidade, transformando-a numa espécie de retidão compensatória. O fariseu é o Guy Fawkes[26] que vive à espreita nas câmaras secretas, nos subterrâneos de índoles como a de Claggart. E, de fato, essas índoles são incapazes de conceber sentimentos malévolos que não sejam recíprocos. É provável que a perseguição clandestina

25 Cf. Tiago 2, 19. [N. T.]

26 Guy Fawkes (1570-1606), mais conhecido participante do *Gunpowder Plot*, conspiração organizada por católicos ingleses que tinha por objetivo explodir o Parlamento em 5 de novembro de 1605, quando o rei James I, sua mulher, seu filho mais velho, ministros e parlamentares ali se reuniriam. Fawkes foi o responsável por ocultar mais de vinte barris de pólvora num porão alugado que formava uma galeria subterrânea embaixo do Parlamento. A trama – planejada em represália à crescente opressão sofrida pelos católicos – foi descoberta e Fawkes e os demais conspiradores mortos ou condenados à morte. Os ingleses comemoram a derrota da conspiração no dia 5 de novembro (*Guy Fawkes Day*), com queimas de fogos de artifício e de efígies de Fawkes, lembrando as malhações de judas no Brasil. [N. T.]

movida pelo mestre-d'armas contra Billy tenha sido iniciada a fim de testar-lhe o temperamento; mas não excitara nele nenhum traço de caráter de que a inimizade pudesse fazer uso oficial ou mesmo perverter em autojustificativa plausível; de sorte que a ocorrência no rancho, ainda que banal, foi bem recebida por aquela consciência peculiar, nomeada para o cargo de preceptora particular de Claggart; e quanto ao resto, não é improvável que o tenha instigado a novos experimentos.

XIV

Não muitos dias após o último incidente narrado, sucedeu uma coisa a Billy Budd que o deixou ainda mais aborrecido do que qualquer outro acontecimento anterior.

Fazia uma noite bastante quente para a latitude em que se encontravam; e embora devesse estar embaixo, visto ser seu quarto de descanso, o gajeiro cochilava no convés do castelo de proa – até onde subira para fugir ao calor que fazia em sua rede, uma das centenas de redes penduradas por toda a extensão da primeira coberta, tão próximas umas das outras que pouco ou nenhum espaço sobrava para balançarem. Deitado como se estivesse à sombra de uma encosta, estirara-se sob a proteção das antenas, essa cordilheira de vergas sobressalentes empilhadas a meia-nau entre o mastro do traquete e o mastro grande, junto às quais ficava alojada a lancha, o maior escaler do navio. Billy estava ao lado de outros três dorminhocos que também haviam subido, próximo àquela extremidade das antenas que fica na altura do traquete, já que, por exercer suas funções no topo desse mastro, pouco acima do lugar ocupado no convés pelos homens do castelo, podia sentir-se mais ou menos à vontade naquelas cercanias.

Pouco depois de ter se instalado ali, alguém lhe deu uma sacudidela no ombro, trazendo-o à semiconsciência, alguém que devia ter sondado o sono dos outros antes e que, ao ver o gajeiro soerguer a cabeça, sussurrou em seu ouvido palavras apressadas:

– Billy, se achegue ali a sotavento, debaixo da enxárcia de proa; há qualquer coisa no ar. Não fale. Ande depressa, encontro você lá – e desapareceu.

Ora, Billy possuía, como muitos dos que são em essência de boa índole, algumas das fraquezas intrínsecas às naturezas essencialmente boas; entre essas estava a relutância, a quase incapacidade de dizer com firmeza e sem rodeios *não* a propostas abruptas que não fossem, em si mesmas, obviamente absurdas, agressivas ou injustas. Como em suas veias corria um sangue quente, tampouco dispunha ele da fleuma necessária para, com inércia impassível, refutar propostas de modo tácito. Se a sua sensibilidade ao perigo era reduzida, também era raro que formasse julgamentos ágeis sobre qualquer coisa que estivesse além das fronteiras do honesto e do natural. Ademais, no momento em questão, continuava dominado pelo torpor do sono.

Seja como for, o fato é que ele se ergueu mecanicamente e, sonolento, indagando a si mesmo o que é que poderia haver no ar, dirigiu-se para o lugar designado, uma das seis plataformas estreitas que ficam do lado de fora das altas amuradas, protegidas pelas enormes bigotas e os múltiplos colhedores colunares com os quais se tesam os ovéns e os brandais; plataformas que, nas grandes belonaves da época, assumiam dimensões proporcionais à magnitude do casco; em suma, sacadas cobertas de alcatrão que se projetavam sobre o mar e eram tão reclusas que um dos marujos da *Bellipotent*, um velho gorgota que levava a sério seu inconformismo, utilizava-as mesmo à luz do dia como oratório particular.

Nesse abrigo retirado, o estranho logo se juntou a Billy Budd. A lua ainda não havia nascido e um nevoeiro turvava a luz das estrelas. Ele não conseguia ver o rosto do estranho com nitidez, mas algo em seu perfil e maneiras o fez supor, corretamente, que se tratava de um dos grumetes de ré.

– Psiu, Billy! – disse o homem, com o mesmo cochicho apressado e admoestatório de antes. – Você foi recrutado, não foi? Pois eu também – e fez uma pausa, como se quisesse observar o efeito dessas palavras.

Billy, todavia, sem atinar com o significado exato delas, nada disse. Então, o outro continuou:

– Não fomos só nós que eles recrutaram, Billy. Há um bando de gente na mesma situação que a nossa. Será que você... daria uma mão... se as coisas esquentarem?

– Como assim? – perguntou Billy, chacoalhando o resto de sono que ainda tinha em si.

– Psiu, psiu! – o cochicho apressado assumiu então certa rouquidão. – Dê uma espiada no que tenho aqui – e o homem exibiu dois pequenos objetos que cintilavam tenuemente à luz noturna. – Olhe, são seus, Billy, basta que você...

Mas Billy o interrompeu e, na ânsia indignada de se expressar, o distúrbio vocal veio até certo ponto à tona.

– Co... co... com os diabos, não sei aonde vo... vo... você quer chegar, ou o que está querendo, mas é melhor voltar para o lu... lugar de onde veio!

Por um instante, como se perplexo, o sujeito ficou imóvel, e Billy, pondo-se de pé num salto, disse:

– Se não sa... sair já daqui, te... te... te jogo pela amurada!

Dessa vez Billy foi bastante claro e o misterioso emissário picou-se dali, desaparecendo sob a sombra das antenas em direção ao mastro grande.

– Olá, o que é que está havendo aí? – resmungou um dos homens do castelo que fora arrancado de sua soneca no convés pela voz alteada de Billy. O gajeiro reapareceu no convés e foi reconhecido:

– Ah, é você, lindote? O que foi que houve? Estava com problemas, não é mesmo? Escutei você ga... ga... ga... gaguejar.

– Oh – Billy aproximou-se, agora com o estorvo já sob controle –, encontrei um grumete de ré zanzando por aqui e mandei ele voltar para o lugar de onde tinha saído.

– E foi só isso que você fez com o safado, gajeiro? – interpelou rudemente outro marujo, um velho irascível cujo rosto e cabelos eram da cor do tijolo e a quem seus colegas do castelo de proa chamavam de "Pimenta vermelha". – Eu queria era ver esses abelhudos casados com a filha do bombardeiro! – dando a entender, com isso, que gostaria de amarrá-los a um canhão e aí os submeter a castigos disciplinares.

De qualquer modo, a versão de Billy sobre o breve instante de balbúrdia satisfez os inquiridores, já que, de todas as seções da tripulação de um navio, são os homens do castelo, na maioria veteranos e defensores intolerantes de seus salsos preconceitos, os mais ciumentos e os que mais se ofendem com invasões territoriais, especialmente quando o invasor é um desses sujeitos pelos quais eles nutrem profundo desprezo, os grumetes de ré – selecionados sobretudo entre marujos bisonhos, que jamais sobem ao topo dos mastros, exceto para rizar e ferrar a vela grande, e que são incapazes, por exemplo, de manusear uma espicha ou ligar uma bigota.

XV

O incidente deixou Billy Budd extremamente confuso. Tinha sido uma experiência inédita para ele, a primeira vez na vida em que fora pessoalmente abordado ao estilo sorrateiro dos conspiradores. Antes desse encontro, jamais soubera nada sobre o grumete, distantes como ficavam seus postos, um na proa e no alto, o outro no convés e na popa.

O que teria significado aquilo? Seriam realmente guinéus os dois objetos cintilantes que o intruso havia alçado aos seus olhos? Mas onde é que o sujeito teria arrumado aqueles guinéus? Ora essa, no mar não há nem botões sobressalentes em tamanha profusão. Quanto mais examinava a questão, mais atônito ele ficava, e cada vez mais inquieto e desconcertado. Em seu rechaço enauseado de uma oferta cujo sentido, embora não compreendesse bem, sabia instintivamente implicar algum tipo de mal, Billy Budd assemelhava-se a um potro recém-saído do pasto que, após aspirar repentinamente os fedores repulsivos de uma usina química, tentasse expulsá-los de suas narinas e pulmões, bufando repetidas vezes. Essa disposição de espírito bloqueava-lhe qualquer desejo de voltar a conferenciar com o sujeito, mesmo que isso tivesse como única finalidade obter esclarecimentos sobre o que o teria levado a abordá-lo. E, ainda assim, ele não estava livre da natural curiosidade de ver como pareceria à luz do dia esse que empreendia visitas às escuras.

Na tarde seguinte, estando embaixo no primeiro meio-quarto, ele o divisou entre os fumantes que se reuniam a vante naquela parte do convés principal onde os marujos podiam se dedicar ao cachimbo. Reconheceu-o mais por seu aspecto e constituição gerais do que pelo rosto rechonchudo e sardento, ou pelos olhos baços e azul-claros, encobertos por um véu de cílios quase brancos. Billy, porém, ficou um pouco em dúvida se de fato seria ele – aquele rapaz mais ou menos da sua idade que proseava e ria de modo franco recostado a um canhão; um rapaz à primeira vista bastante afável e, tinha-se a impressão, um tanto desmiolado. Também era gorducho demais para um marinheiro, mesmo em se tratando de um grumete de ré. Em síntese, a última pessoa no mundo, seria de imaginar, disposta a se sobrecarregar com pensamentos, especialmente pensamentos de natureza arriscada como os que devem necessariamente competir a um conspirador envolvido em projetos sérios, ou mesmo a um subordinado de tal conspirador.

Sem que Billy houvesse notado, o fulano, com um olhar de esguelha, comprido e atento, já notara a presença do gajeiro e, ao perceber que ele olhava em sua direção, fez-lhe de imediato um aceno com a cabeça, sem interromper a conversa com o grupo de fumantes, como se saudasse um velho conhecido. Um ou dois dias depois, ao anoitecer, quando vagueava por um dos conveses de bateria, cruzou por acaso com Billy e dirigiu-lhe de passagem uma palavra por assim dizer camarada, a qual, dado seu caráter inesperado e equívoco em função das circunstâncias, causou tanto embaraço ao gajeiro que este não soube como responder e agiu como se não tivesse sido com ele.

Billy sentia-se agora ainda mais confuso do que antes. As especulações estéreis a que era levado pareciam-lhe tão perturbadoramente estranhas que ele se esforçava ao máximo para as sufocar. Não passava pela sua cabeça a ideia de estar ali um fato que, devido a sua natureza extremamente suspeita, obrigasse-o, na qualidade de marinheiro leal ao rei, a relatar aos foros competentes. Com toda a probabilidade, tivessem-lhe sugerido essa ação, seria dissuadido de levá-la a cabo pelo pensamento, fruto da magnanimidade noviça, de que a mesma cheirava em demasia ao trabalho sujo dos mexeriqueiros. Guardou a coisa para si mesmo. Em certa ocasião, porém, não conseguiu evitar o impulso de se aliviar um pouco com o velho Dano, tendo talvez sido a isso induzido pela fragrância balsâmica de uma noite de calmaria, quando os dois, a maior parte do tempo em silêncio, permaneciam sentados no convés com as cabeças apoiadas à amurada. Mas foi apenas um relato parcial e anônimo, já que os escrúpulos improcedentes acima mencionados impediam a completa revelação do ocorrido a quem quer que fosse. Enquanto ouvia a versão de Billy, o sábio Dano parecia adivinhar mais do que lhe era dito, e após breve período de meditação, durante o qual suas rugas franziram-se até formar como que um único ponto, quase obliterando nesse ínterim aquela expressão zombeteira que às vezes seu rosto estampava, ele disse:

– Eu não falei, Baby Budd?

– Falou o quê? – indagou Billy.

– Ora essa, que o Jemmy Legs está em cima de você!

– E o que é que o Jemmy Legs – retorquiu Billy estupefato – tem a ver com aquele grumete maluco?

– Ah, quer dizer então que era um grumete. Um Zefirino, um Zefirino!

E com tal exclamação – dissesse ela respeito à leve rajada de vento que então eriçara o mar calmo ou a uma alusão mais sutil ao papel de testa de ferro que parecia atribuir ao grumete, não há como saber – o velho Merlim arrancou com os dentes enegrecidos um pedaço de seu naco de fumo, não se dignando a responder à impetuosa indagação de Billy, por mais que este agora a repetisse, pois tinha por hábito fechar-se num silêncio inflexível quando questionado de maneira cética em relação a algum de seus oráculos sentenciosos – os quais nem sempre primavam pela clareza, antes assumindo aquela obscuridade que em todos os quadrantes recobre a maioria dos pronunciamentos délficos.

A longa experiência acumulada muito provavelmente suscitara no velho aquela prudência amarga que nunca interfere e jamais aconselha.

XVI

Sim, apesar da insistência incisiva com que o Dano afirmava ser o mestre-d'armas quem se escondia por trás das estranhas experiências vividas por Billy a bordo da *Bellipotent*, o jovem marujo dispunha-se a imputá-las a praticamente qualquer pessoa menos ao homem que, para empregar a expressão do próprio Billy, "sempre tinha uma palavra gentil para ele". Isso é coisa de admirar, mas não chega a ser completa surpresa. Mesmo quando atingem a idade madura, alguns marinheiros permanecem bastante ingênuos em relação a certos assuntos. Um jovem homem do mar com a disposição de nosso atlético gajeiro, porém, é pouco mais que um menino. Não obstante, a completa inocência das crianças não é outra coisa que sua absoluta ignorância, e a inocência mais ou menos míngua conforme cresce a inteligência. Acontece que em Billy Budd, conquanto certa forma de inteligência tivesse se desenvolvido, a candura permanecia em grande medida intacta. A experiência é de fato mestra; entretanto, assim como não eram muitos os anos vividos por Billy, também não era grande a sua experiência. Além disso, ele não possuía nenhum traço daquele conhecimento intuitivo do mal que nas índoles pouco ou nada benignas precede a experiência e que, portanto, pode acompanhar – como em certos casos muito evidentemente acompanha – mesmo a mocidade.

E o que Billy poderia saber do homem se não do homem como mero marujo? Mais ainda, um marujo à moda antiga, daqueles que levam a vida ao redor do mastro, o marujo que desde criança é marujo e, embora pertença à mesma espécie que o homem de terra firme, em certos aspectos dele se distingue de forma singular. O marujo é franqueza, o homem de terra firme, sutileza. Para o marujo, a vida não é um jogo a demandar grande perspicácia – nada tem das complexidades de uma partida de xadrez, com seus raros movimentos leais e seus fins atingidos por vias indiretas, esse jogo oblíquo, entediante, estéril, que mal chega a valer a vela ordinária gasta para iluminar a disputa.

Sim, enquanto categoria, os marujos possuem o caráter de uma raça juvenil. Até mesmo em seus desvios sobressai a juvenilidade; sendo isso especialmente válido para os marujos da época em que Billy viveu. E certos elementos aplicáveis a todos os marujos operam sobre os mais moços de forma ainda mais aguçada. Além disso, todo marujo está acostumado a obedecer ordens sem contestá-las; sua vida a bordo segue preceitos que lhe são exteriores; não é lançado àquele comércio promíscuo com a humanidade em que a irrestrita liberdade de ação em igualdade de condições – uma igualdade ao menos superficial – rapidamente ensina que quem não exercer uma desconfiança proporcionalmente mordaz à formosura das aparências corre o risco, em determinadas circunstâncias, de ser pago com perfídias. É tão comum predominar uma suspeita reservada, e menos entre os homens de negócios do que entre aqueles cujo conhecimento de seus semelhantes deriva de relações menos rasas que as comerciais, a saber, certos homens vividos e conhecedores dos caminhos deste mundo, que eles acabam por empregá-la de forma quase inconsciente; e muito provavelmente alguns deles ficariam bastante surpresos ante a acusação de ser esta uma de suas características universais.

XVII

Após o pequeno problema ocorrido na hora do rancho, Billy Budd não se viu mais metido em apuros estranhos com relação a sua rede, seu saco de roupas nem qualquer outra coisa. Quanto àquele sorriso que cintilava ocasionalmente sobre ele e a palavra amável dita de passagem, estes, se não mais frequentes, tornaram-se decerto mais pronunciados que antes.

A despeito disso, havia agora outras manifestações. Se o olhar furtivo de Claggart dava por acaso com o cingido Billy circulando à toa pelo convés principal, entretido em trocar surriadas brincalhonas com outros rapazes que também zanzavam pela turba de marinheiros no descanso do segundo meio-quarto, seus olhos seguiam o alegre Hipérion do mar com uma expressão fixa de reflexão e melancolia, estranhamente banhados por incipientes lágrimas febris. Nessas ocasiões Claggart assemelhava-se ao homem de dores.[27] Sim, e por vezes a expressão melancólica tingia-se de um quê de desejo terno, como se Claggart pudesse até mesmo ter amado Billy, não fosse impedido por destino e maldição. Mas tratava-se aqui apenas de um esmorecimento, do qual ele logo se arrependia, por assim dizer, com um olhar irremitente, comprimindo e retraindo o semblante de modo a assumir por instantes a aparência de uma

27 Cf. Isaías 53, 3. [N. T.]

noz enrugada. Em outras situações, porém, quando avistava Billy caminhando em sua direção, aguardava até que ambos se aproximassem um do outro para então lhe abrir caminho e, à passagem do gajeiro, mirá-lo com a fulgurante sátira dental de um Guise.[28] Já no caso de encontros abruptos e inesperados, uma luz vermelha flamejava em seus olhos, semelhante às faíscas emitidas pelas bigornas no interior sombrio das ferrarias. Era estranha essa luz penetrante e feroz, dardejada por orbes que em repouso assumiam coloração próxima ao violeta escuro, o mais suave dos matizes.

Posto que alguns desses caprichos das profundezas só pudessem ser percebidos por seu objeto, escapavam, todavia, à capacidade de interpretação de uma índole como aquela. E os músculos de Billy nada tinham de compatíveis com o tipo de organização espiritual sensível que, em determinadas circunstâncias, adverte instintivamente a inocência ignorante, avisando-a da proximidade do maligno. Parecia-lhe às vezes que o mestre-d'armas agia de modo esquisito. Mas isso era tudo. A sinceridade das maneiras e a gentileza das palavras surtiam o efeito desejado sobre o jovem marujo, que, até então, nunca ouvira falar dos "homens de fala melíflua".

Tivesse o gajeiro consciência de haver feito ou dito algo para provocar a malevolência do funcionário, as coisas teriam sido diferentes e sua visão poderia ter se aclarado ou aguçado. O fato é que a inocência o cegava.

O mesmo sucedia ainda em outro caso. Dois suboficiais, o armeiro e o chefe do porão, com os quais jamais trocara palavra – sua posição na nau não exigindo contato direto com eles –,

28 Henri de Guise (1550-1588), duque de Guise, chefe da facção católica e da Liga Sagrada durante as guerras religiosas francesas. [N. T.]

começaram a lançar na direção de Billy, quando eventualmente o encontravam, o olhar característico dos que foram de alguma forma empeçonhados. Jamais ocorreu a Billy que isso fosse algo digno de nota ou motivo de suspeita, embora soubesse muito bem que, segundo os costumes navais, o armeiro e o chefe do porão, juntamente com o despenseiro, o barbeiro e outros de posto semelhante, eram todos colegas de rancho do mestre-d'armas – homens a cujos ouvidos tinha fácil acesso a língua confidencial deste último.

Mas a enorme popularidade de que o nosso Belo Marujo desfrutava, graças a sua solicitude viril e irresistível boa índole, das quais não se podia derivar qualquer superioridade intelectual que tendesse a incitar sentimentos hostis – essa boa vontade da parte da maioria de seus colegas de bordo levava-o a dar pouca importância a semblantes mudos como os de que há pouco se falou, semblantes que ele era incapaz de sondar para inferir seu completo significado.

Quanto ao grumete de ré, se bem que, pelos motivos já expostos, Billy pouco o visse, ainda assim, quando acontecia de se encontrarem, o sujeito invariavelmente produzia a mesma saudação alegre e descontraída, e por vezes ainda acrescentava de passagem uma ou duas palavras cordiais. Qualquer que tivesse sido o intento original desse rapaz equívoco, ou o intento do qual ele possivelmente fora o agente, seu modo de agir nessas ocasiões era indicação certa de que o havia por completo abandonado.

Era como se sua desonestidade precoce (e todo patife vulgar é precoce) dessa vez o tivesse enganado, e aquele indivíduo simplório a quem pretendera ludibriar tivesse, graças exatamente a sua simplicidade, lhe pespegado um malogro ignominioso.

Os mais sagazes talvez julguem ser quase impossível que Billy se abstivesse de assediar o grumete para exigir uma explicação sobre o propósito daquela primeira entrevista tão abruptamente concluída sob a enxárcia do traquete. Os mais sagazes também podem achar que a reação mais natural de Billy seria inquirir alguns dos outros conscritos quanto aos fundamentos – se é que havia algum – das obscuras insinuações do emissário sobre a conjuração tramada pelos descontentes a bordo da nau. Sim, os mais sagazes podem pensar assim. Mas talvez seja necessário mais que sagacidade, ou melhor, outra coisa que não mera sagacidade, para compreender adequadamente um caráter como o de Billy Budd.

Quanto a Claggart, a monomania do sujeito – se de fato disso se tratava –, que nas manifestações já apresentadas viera involuntariamente à tona, ainda que em geral permanecendo encoberta por seu comportamento contido e racional; essa monomania, como um incêndio subterrâneo, alastrava-se em seu interior, queimando cada vez mais fundo. Algo de decisivo haveria de emergir daí.

XVIII

Após a misteriosa entrevista ao abrigo da enxárcia do traquete, encerrada de modo tão brusco por Billy, nada de mais relevante para a história ocorreu até sobrevirem os acontecimentos narrados a seguir.

Em outro lugar ficou dito que, por faltarem fragatas (que obviamente navegavam com muito mais agilidade que as pesadas naus de linha) à esquadra inglesa então fundeada nas proximidades do estreito de Gibraltar, a *Bellipotent* 74 era às vezes empregada não apenas como substituta à mão para o papel de escolta, mas por vezes também recebia missões isoladas de maior importância. É provável que isso se devesse tanto a sua superior capacidade de navegação – incomum nos navios daquela classe – como ao caráter de seu comandante, que, segundo se acreditava, tornava-o particularmente apto a executar missões durante as quais, em face a dificuldades imprevistas, houvesse que tomar decisões urgentes em relação a questões que demandavam conhecimentos e habilidades além daqueles inerentes à boa marinharia. Numa expedição deste último tipo, em que se fez necessário ir bastante longe, quando, no fim do quarto da tarde, a *Bellipotent* se aproximava do ponto mais distante em relação à esquadra, um navio do inimigo entrou inesperadamente em seu campo de visão. Tratava-se, como em seguida se verificou, de uma fragata. Esta última, percebendo através da luneta que o equilíbrio de homens e metais era-lhe francamente desfavorável, invocou os ágeis calcanhares e abriu as velas para fugir dali. Depois de uma perseguição conduzida sem muita esperança, que durou aproximadamente até a metade do primeiro meio-quarto, ficou evidente que o inimigo havia escapado à 74.

Não muito tempo depois da caçada à fragata ter sido abandonada e antes que a excitação superveniente se dissipasse de todo, o mestre-d'armas ascendeu de sua esfera cavernosa para se postar junto ao mastro grande, de gorro nas mãos, aguardando respeitosamente que sua presença fosse notada pelo capitão Vere, que andava solitariamente pelo tombadilho, a barlavento, sem dúvida um tanto aborrecido com o fracasso da perseguição. O lugar ocupado por Claggart destinava-se aos homens de graduação hierárquica inferior que desejassem ter uma conversa mais reservada com o oficial de quarto ou com o próprio capitão do navio. A este último, contudo, era raro que os marujos ou suboficiais daqueles tempos solicitassem audiências; de acordo com os costumes, somente um motivo excepcional justificaria tal veleidade.

Absorvido em seus pensamentos, o comandante estava prestes a empreender mais um giro no passeio, rumando agora para ré, quando enfim deu por Claggart e notou o gorro que ele segurava nas mãos, em atitude de expectativa deferente. Registre-se aqui que o primeiro contato pessoal do capitão Vere com o suboficial ocorrera somente no momento em que a *Bellipotent* deixara a pátria, quando Claggart, transferido de um navio retido no porto para reparos, passou a ocupar o posto do antigo mestre-d'armas – que havia desembarcado por ter-se aleijado.

Tão logo se deu conta de quem era o sujeito que respeitosamente aguardava para dirigir-lhe a palavra, o rosto do comandante assumiu uma expressão singular. Uma expressão não muito diferente daquela que aflora em nosso semblante, incontrolável e passageira, quando deparamos inadvertidamente com alguém que, não obstante familiar, não o foi por tempo o bastante para que o conhecimento desse alguém se aprofundasse, e cujo aspecto agora desperta em nós, pela primeira vez, uma vaga aversão repulsiva. Ainda assim, interrompendo a caminhada e reassumindo muito da postura oficial de costume, à exceção de certa impaciência oculta na entonação da palavra inicial, ele disse:

– Então? O que há, mestre-d'armas?

Com o ar de um subordinado que se mortifica por ter de fazer o papel de arauto de más notícias e que está zelosamente determinado a ser franco e, ao mesmo tempo, igualmente decidido a evitar o exagero, recebendo o convite, ou melhor, a intimação para desembuchar, Claggart falou. O que ele disse, expresso em linguagem nada rústica, era do seguinte teor, ainda que as palavras não fossem exatamente estas, a saber, que durante a perseguição e os preparativos para o eventual combate ele vira o bastante para se convencer de que, dentre os marujos a bordo, havia ao menos um que representava perigosa ameaça num navio onde assentavam praça não somente indivíduos com participação criminosa nos graves e recentes distúrbios, como também alguns que, e este era o caso do sujeito em questão, tinham se posto a serviço de Sua Majestade por expedientes outros que não o do alistamento voluntário.

A essa altura, com alguma impaciência, o capitão Vere o interrompeu:

– Seja direto, homem, a palavra é *conscritos*.

Claggart fez um gesto de subserviência e prosseguiu. Há algum tempo, ele (Claggart) suspeitava que algum tipo de movimento, animado pelo marujo em questão, estivesse sendo secretamente organizado nos conveses de bateria, mas não se sentira suficientemente convicto para relatar a suspeita enquanto ela permanecera indistinta. Todavia, em função do que ele havia observado naquela tarde no comportamento do homem citado, a suspeita de que algo clandestino estava em andamento avançara até chegar a um ponto não tão distante da certeza. Ele tinha plena consciência, acrescentou, de estar assumindo grave responsabilidade ao relatar informações cujas possíveis consequências para o principal indivíduo implicado não eram de pouca monta e que, além disso, tendiam a aumentar as inquietações às quais todos os comandantes navais estavam naturalmente sujeitos em função da ocorrência ainda tão recente de insurreições extraordinárias como as que, disse em tom pesaroso, sequer precisavam ser nomeadas.

Ora, quando o assunto foi introduzido, o capitão Vere, pego de surpresa, não conseguiu dissimular de todo o sobressalto. Mas à medida que Claggart prosseguia, seu aspecto foi-se transformando em irritação com algo que havia na maneira com que a testemunha prestava seu depoimento. Não obstante, conteve-se para não interromper o mestre-d'armas que, seguindo em frente, concluiu da seguinte forma:

– Deus não permita, Excelência, que a *Bellipotent* passe pela mesma experiência do...

– Não se preocupe com isso! – atalhou de forma peremptória o superior, seu rosto transfigurado pela ira ao adivinhar instintivamente o navio que o outro estivera a ponto de nomear, um navio em que o motim de Nore havia assumido um caráter trágico e extraordinário, colocando em risco, por algum tempo, a vida de seu comandante. Dadas as circunstâncias, indignou-se com a alusão que o mestre-d'armas tencionara fazer. Se em todas as ocasiões os oficiais de patente eram eles próprios extremamente cautelosos no modo como se referiam aos recentes acontecimentos no interior da armada, causou-lhe má impressão que um suboficial aludisse desnecessariamente a eles na presença de seu capitão, pela presunção imodesta que revelava. Ademais, em tal situação, aquilo pareceu uma tentativa de intimidação a seu vivaz senso de amor-próprio. Tampouco deixou desde logo de admirar-se com o fato de que alguém que até então demonstrara, nos casos que submetera à sua supervisão, considerável tato no desempenho de suas funções, pudesse evidenciar tamanha falta de tino nesse particular.

Mas esses pensamentos, e outros igualmente equívocos que lhe passavam pela cabeça, foram repentinamente substituídos por uma conjectura intuitiva, a qual, ainda obscura na forma, teve o efeito prático de influenciar a acolhida que ele dava às más notícias. O certo é que, há muito versado em tudo que dizia respeito à complicada vida dos conveses de bateria, os quais, como todas as outras formas de vida, possuem suas minas secretas e sua face ambígua, de muitos desconhecida, o capitão Vere preferiu não se afligir demais com o teor geral do relato que seu subordinado lhe apresentava.

Além disso, se os acontecimentos recentes tornavam obrigatória uma pronta reação ao menor sinal de insubordinação recorrente, apesar de tudo, ele refletiu, não seria sensato proporcionar sobrevida à impressão de que o descontentamento ainda não fora de todo suprimido, dando, por excesso de zelo, crédito a um delator, a despeito de este ser alguém diretamente subordinado a ele e encarregado, entre outras coisas, de exercer vigilância policial sobre a tripulação. Tal sentimento não teria quiçá prevalecido não fosse pelo entusiasmo patriótico de que em certa ocasião Claggart dera oficialmente mostras, irritando o capitão da *Bellipotent* por parecer-lhe um tanto supersensível e forçado. Ademais, a maneira calma e até certo ponto pomposa com que o funcionário apresentava sua pormenorizada descrição recordava-lhe um músico que prestara falso testemunho num caso passível de condenação à morte submetido em terra firme a uma corte marcial da qual ele, o capitão Vere, participara quando ainda era tenente.

O repelão peremptório aplicado a Claggart no tocante à alusão inconclusa foi rapidamente sucedido por isto:

– O senhor diz que entre os homens a bordo há pelo menos um que é perigoso. Diga o nome dele.

– William Budd, um dos gajeiros do traquete, Excelência.

– William Budd!? – repetiu o capitão Vere com verdadeiro assombro. – O senhor se refere ao sujeito que o tenente Ratcliffe há não muito tempo tomou a um navio mercante, o rapaz que parece ser tão popular entre os homens, aquele a quem chamam de Billy, o Belo Marujo?

– O próprio, Excelência. Apesar de ser jovem e de boa aparência, trata-se de um camarada bastante astuto. E não é à toa que procura granjear a estima de seus colegas de bordo, pois, metendo-se em apuros, o mínimo que todos farão, sem exceção e sob quaisquer circunstâncias, é falar em seu favor. O tenente Ratcliffe por acaso contou a Vossa Excelência sobre aquela alfinetada ladina que foi o pulo de Budd na proa do escaler sob a popa do navio mercante quando era trazido para cá? Sob o disfarce daquele aspecto bem-humorado, em seu íntimo, ele se ressente do recrutamento. O senhor repara apenas em seu belo rosto. Mas até sob as boninas mais vermelhas pode haver armadilhas.

Ora, como seria de esperar, por ser figura notória junto à tripulação, o Belo Marujo atraíra a atenção do capitão desde o início. Embora em geral não fosse muito expansivo com seus oficiais, ele havia congratulado o tenente Ratcliffe pela boa fortuna de topar com tão seleto espécime do *genus homo*, um sujeito que, nu, poderia posar de modelo para uma estátua do jovem Adão antes da Queda. Quanto ao adeus de Billy ao *Rights of Man* – que o tenente havia de fato relatado, se bem que de modo respeitoso, mais como uma boa história do que qualquer outra coisa –, o capitão Vere, embora o tivesse equivocadamente tomado por um gracejo satírico, ficara por conta disso ainda mais bem impressionado com o homem; admirando-lhe, militar da marinha que era, o espírito capaz de aceitar o alistamento arbitrário de forma tão jovial e ajuizada. A conduta do gajeiro, tanto quanto lhe fora dado a perceber, havia confirmado seu bom presságio; e no que concerne às habilidades "marinheiras" do novo recruta, pareceram-lhe estas tão boas que ele pensara em recomendar ao imediato sua promoção a um posto que o deixasse mais amiúde sob seus olhos, a saber, a chefia da gávea da gata, em substituição ao responsável pela vigia de estibordo, um homem não tão jovem e que, em parte por esse motivo, ele considerava menos apto para a função. Deixe-se aqui registrado entre parênteses que, não tendo os homens da gávea da gata de lidar com peças de pano tão pesadas como os papafigos do mastro grande e do traquete, servir ali parece uma função não apenas adequada a rapazes jovens, se do tipo certo, como, de fato, são em geral estes os selecionados para a chefia dessa gávea; sendo a companhia sob seu comando composta de braços leves e, muitas vezes, não mais que adolescentes. Em resumo, desde o início o capitão Vere vira em Billy aquilo que no linguajar naval da época era chamado de "pechincha do rei"; isto é, um investimento de capital que a marinha de Sua Majestade Britânica fazia a custo baixíssimo, ou mesmo zero.

Depois de uma breve pausa, em que as reminiscências acima mencionadas passaram vividamente por sua cabeça, à medida que ponderava o significado da insinuação que Claggart pusera na frase "sob as boninas pode haver armadilhas", desconfiando da boa-fé do denunciante quanto mais examinava a questão, virou-se de repente e o interpelou em voz baixa:

– Então, mestre-d'armas? Quer dizer que o senhor veio até aqui para me contar uma história disparatada como essa? Quanto a Budd, aponte-me um ato ou palavra sua que corrobore a acusação genérica que o senhor faz contra ele. Tome cuidado com o que fala – advertiu, aproximando-se de Claggart. – Nos tempos que correm e num caso como este há um lais de verga à espera dos falsos testemunhos.

– Ah, Excelência! – suspirou Claggart, balançando de leve a cabeça bem formada, como se em triste reprovação pelo tom imerecidamente severo. Então, empertigou-se, retesando o corpo em sinal de auto-afirmação virtuosa, e citou de forma circunstanciada certas palavras e atos que, uma vez reunidos e confirmados, levavam a presunções que incriminavam Budd a ponto de condená-lo à morte. E não estavam longe, acrescentou, as provas que fundamentavam algumas dessas afirmações.

Com a impaciência despontando nos olhos cinzentos, que tenteavam desconfiados e impacientes o fundo violeta e sereno dos de Claggart, o capitão Vere mais uma vez o escutou sem interromper. Depois, ficou por instantes a ruminar. Temporariamente livre de seu escrutínio, Claggart fitava-lhe a disposição de ânimo com uma expressão difícil de descrever: uma expressão de curiosidade pelo modo como sua tática operava, uma expressão possivelmente semelhante à que o porta-voz dos invejosos filhos de Jacó deve ter assumido ao ludibriar o transtornado patriarca, submetendo-lhe à vista a túnica tingida de sangue do jovem José.[29]

Muito embora, no decurso de entrevistas graves, algo de excepcional na qualidade moral do capitão Vere o transformasse em verdadeira pedra de toque para testar a essência da índole de seus interlocutores, não obstante isso, com relação a Claggart e àquilo que realmente se passava com ele, sua percepção distinguia-se agora menos por uma convicção intuitiva do que por fortes suspeitas congestionadas de estranhas incertezas. A perplexidade que ele demonstrava procedia menos de qualquer coisa relativa ao homem delatado – como Claggart sem dúvida conjecturava – do que de considerações sobre qual seria a melhor forma de agir no tocante ao delator. A princípio, e como seria natural, ele de fato tendera a convocar os fundamentos que Claggart dizia ter à mão para suas alegações. Mas essa conduta teria como resultado imediato tornar o assunto público; no estágio em que este agora se encontrava, refletiu, os efeitos sobre a tripulação podiam ser

29 Cf. Gênesis 37, 31-32. [N. T.]

indesejáveis. Se o testemunho de Claggart era falso, isso encerrava o assunto. Por conseguinte, antes de pôr a acusação à prova, resolveu testar em termos práticos o acusador; e parecia-lhe que isso poderia ser feito de forma pacífica e reservada.

A providência que ele decidiu adotar exigia uma mudança de cenário, a transferência para um local não tão exposto à observação pública como o espaçoso tombadilho. Pois, embora em estrita observância à etiqueta naval, tivessem os oficiais da praça-d'armas se retirado para sotavento assim que o capitão Vere iniciara seu passeio a barlavento; e ainda que, durante o colóquio com Claggart, eles obviamente não ousassem diminuir a distância; e mesmo se, do começo ao fim da entrevista, o capitão Vere tivesse evitado elevar o tom de voz, ao passo que o de Claggart era argênteo e baixo, e o vento que batia no cordame e o marulho do mar contribuíssem para tornar a conversa ainda menos audível; não obstante tudo isso, o prolongamento da entrevista já atraíra a atenção de alguns dos gajeiros que estavam nos topos dos mastros e também de outros marujos no poço ou ainda mais a vante.

Tendo resolvido como proceder, o capitão Vere entrou sem demora em ação. Voltando-se abruptamente para Claggart, indagou:

– Mestre-d'armas, Budd está de quarto na gávea?

– Não, Excelência.

E então:

– Senhor Wilkes! – chamou o aspirante de marinha mais próximo. – Mande Albert vir até aqui.

Albert era o pajem do capitão, uma espécie de criado do mar em cuja discrição e fidelidade seu chefe tinha muita confiança. O camarada apareceu.

– Conhece Budd, o gajeiro de proa?

– Sim, senhor.

– Vá buscá-lo. Está no quarto de folga. Diga-lhe que está sendo chamado à ré, mas dê um jeito de fazer com que os outros não ouçam e impeça-o de falar com quem quer que seja. Mantenha-o entretido, e só quando chegar aqui, não antes disso, é que você dirá a ele que deve se apresentar em minha cabine. Compreendeu? Então, vá. Quanto ao senhor, mestre-d'armas, desça às cobertas e quando achar que já é hora de Albert subir com o homem, prepare-se para subir atrás deles.

XIX

Ora, ao se ver na cabine, trancado ali, por assim dizer, com o capitão e Claggart, o gajeiro ficou bastante surpreso. Mas foi uma surpresa livre de apreensão ou desconfiança. Para índoles imaturas, de essência sincera e humana, as advertências insinuadas por seus semelhantes a respeito de perigos mais sutis, quando chegam, chegam tarde. Na cabeça do jovem marujo, a única coisa que tomava forma era o seguinte: "Sim, é como sempre imaginei, o capitão gosta de mim. Será que pretende me tomar como timoneiro? Seria uma boa nova. Talvez queira que o mestre-d'armas lhe dê sua opinião sobre mim."

– Sentinela, feche a porta – disse o comandante. – Fique aí fora e não deixe ninguém entrar. Agora, mestre-d'armas, quero que repita na presença deste homem aquilo que o senhor me contou sobre ele – e preparou-se para escrutar a reação dos semblantes acareados.

Com os passos calculados e o ar calmo e imperturbável com que os médicos manicomiais se aproximam de um paciente que começa a dar sinais de iminente paroxismo em pleno saguão de visitas, Claggart avançou aos poucos até chegar bem perto de Billy e, fitando-o mesmericamente nos olhos, recapitulou em poucas palavras a acusação.

A princípio Billy não atinou com o sentido daquilo. Quando enfim compreendeu, foi como se uma lepra branca atacasse o bronzeado róseo de suas faces. Parecia que o haviam empalado e amordaçado. Entrementes, ainda sem despregar daqueles dilatados olhos azuis, os olhos do acusador sofreram uma transformação extraordinária: o forte tom violeta de costume foi toldado por um púrpura turvo. Aquelas luzes de humana inteligência, despojando-se de sua expressão humana, projetavam-se gélidas como os olhos alienígenas de certas criaturas sem nome das profundezas. No primeiro olhar mesmérico havia o fascínio da serpente; no segundo, sentia-se o impacto paralisante da raia-elétrica.

– Fale, homem! – disse ao rapaz petrificado o capitão Vere, mais perplexo com o aspecto do gajeiro do que com o de Claggart. – Fale! Defenda-se!

Porém o apelo não produziu em Billy senão uma gesticulação estranha e um gorgolejo mudo. O assombro ante uma acusação tão repentinamente lançada contra sua imaturidade e inexperiência, e talvez o horror que os olhos do acusador despertavam nele, serviu para colocar em ação a deficiência que espreitava, a qual, temporariamente intensificada pelas circunstâncias, transformou-se em um convulsionado nó de língua, ao passo que os movimentos da cabeça e do corpo, que se projetavam espasmodicamente para frente na agonia vã de obedecer à injunção para falar e se defender, davam-lhe ao rosto a expressão de uma sacerdotisa vestal que, ao ser enterrada viva, envidasse os primeiros esforços contra o sufocamento.

Embora até então ignorasse por completo a propensão de Billy à obstrução vocal, o capitão Vere adivinhou-a de imediato, pois seu aspecto trouxe-lhe vivamente à lembrança a fisionomia de um rapaz brilhante que havia sido seu colega de escola e que ele vira certa feita ser tomado pela mesma impotência chocante ao se erguer com ímpeto da carteira a fim de ser o primeiro a responder uma questão difícil que o professor apresentara à classe. Aproximando-se do jovem marujo e colocando a mão em seu ombro de modo apaziguador, ele disse:

– Não tenha pressa, meu rapaz. Sossegue, vá com calma.

Em vez do efeito desejado, essas palavras, ditas em tom tão paternal e que sem dúvida tocaram o coração de Billy, incitaram-no a esforços ainda mais violentos na tentativa de obter alguma expressão vocal – esforços logo abortados, como que confirmando a paralisia e impondo ao rosto uma expressão doía contemplar. No instante seguinte, rápido como o fulgor de um canhão disparado à noite, seu braço direito voou, e Claggart desabou no convés. Intencionalmente, ou apenas por conta da estatura superior do jovem atleta, o golpe acertou o mestre-d'armas em cheio na testa – essa parte da cabeça que nele tinha um aspecto tão bem delineado e intelectual –, de modo que o corpo tombou de comprido, feito uma prancha pesada que da vertical despencasse no chão. Depois de arquejar uma ou duas vezes, Claggart ficou imóvel.

– Rapaz desafortunado – murmurou o capitão, num tom de voz tão baixo que era quase um sussurro. – O que foi que você fez!? Venha, ajude-me aqui.

Os dois ergueram pelos flancos o tronco do sujeito caído, tentando sentá-lo. A forma magra aquiesceu, flexível mas inerte. Era como pegar numa cobra morta. Reclinaram-no novamente.

O capitão Vere recuperou a posição ereta e, cobrindo o rosto com a mão, ficou parado, aparentemente tão impassível quanto o objeto a seus pés. Estaria absorto na avaliação das consequências do incidente e de qual seria a melhor maneira de proceder, não apenas naquele momento, mas também a seguir? Descobriu vagarosamente o rosto; e foi como se a lua, ao emergir de um eclipse, reaparecesse com aspecto completamente diverso do que tinha ao se esconder. O pai que havia nele, manifestando-se até então no tocante a Billy, foi substituído pelo militar disciplinador. Em tom oficial ordenou que o gajeiro se retirasse para um compartimento reservado que havia ali à ré e lá permanecesse até ser chamado. A essa ordem, Billy obedeceu mecanicamente, sem falar nada. Em seguida, dirigindo-se à porta da cabine que abria para o tombadilho, o capitão Vere ordenou ao sentinela que estava do lado de fora:

– Mande Albert vir até aqui.

Quando o camarada apareceu, seu chefe deu um jeito para que ele não reparasse no homem prostrado no chão.

– Albert – disse –, avise o cirurgião que quero vê-lo. E não precisa voltar aqui. Espere até eu chamá-lo.

Quando o cirurgião entrou – um sujeito muito equilibrado, sóbrio, experiente, desses que dificilmente se deixam surpreender pelo que quer que seja –, o capitão Vere adiantou-se para ter com ele, de modo que, sem se dar conta disso, interceptou-lhe a visão de Claggart. Depois, interrompendo a saudação cerimoniosa de praxe que o outro iniciava, disse:

– Deixe isso para lá. Quero que examine este homem – dirigindo a atenção do recém-chegado para o desfalecido.

O cirurgião olhou e, apesar de todo seu controle, não conseguiu impedir certo sobressalto diante da revelação abrupta. Sobre a tez sempre pálida de Claggart, agora escorriam filetes de sangue escuro e grosso, provenientes das narinas e orelhas. Aos olhos profissionais do observador, o que ele sem sombra de dúvida via era um homem morto.

– É isso mesmo, não é? – indagou o capitão, fitando-o atentamente. – Foi o que pensei. De qualquer forma, examine-o.

Os testes de costume foram então realizados, confirmando a primeira impressão do cirurgião, que olhou para cima com preocupação não dissimulada, dirigindo ao superior um olhar cheio de interrogações. Com a mão na testa, o capitão Vere permanecia imóvel. De súbito pegou convulsivamente o cirurgião pelo braço e, apontando para o corpo, exclamou:

– É o julgamento divino que recaiu sobre Ananias! Veja![30]

Desconcertado pelo comportamento agitado que ele jamais observara antes no capitão da *Bellipotent*, e sem saber o que de fato tinha se passado, o prudente cirurgião, não obstante, manteve a calma, limitando-se a assumir de novo uma expressão que inquiria gravemente sobre o que teria resultado em tal tragédia.

O capitão Vere, porém, voltara à imobilidade, absorto em pensamentos. Então recomeçou, exclamando com veemência:

– Fulminado por um anjo de Deus! E contudo o anjo terá de ir à forca!

Ante essas interjeições apaixonadas, que não passavam de palavras incoerentes aos ouvidos de alguém que ainda não fora informado dos fatos antecedentes, o cirurgião ficou profundamente embaraçado. Então, recompondo-se, o capitão Vere adotou um tom menos apaixonado e relatou em poucas palavras as circunstâncias que haviam culminado no incidente.

30 Cf. Atos 5, 1-5. [N. T.]

– Mas, venha, depressa, temos de dar cabo disso – acrescentou. – Ajude-me a levá-lo – referia-se ao corpo – para aquele compartimento ali – indicando um cubículo que ficava de frente para aquele onde o gajeiro permanecia encarcerado. Embora mais uma vez atônito face a um pedido que, encerrando o desejo de sigilo, parecia-lhe incompreensivelmente estranho, não havia nada que o subordinado pudesse fazer senão aquiescer.

– Agora vá – disse o comandante, recuperando algo de seu modo de ser habitual. – Vá. Convocarei em breve uma corte marcial sumária. Informe os tenentes do acontecido, dê também a notícia ao senhor Mordant – referindo-se ao capitão dos fuzileiros –, mas diga-lhes que não devem falar com ninguém sobre o assunto.

XX

O cirurgião deixou a cabine bastante ansioso e apreensivo. Teria o capitão Vere sofrido um abalo mental repentino, ou tratava-se apenas de uma excitação passageira, provocada por tão estranha e extraordinária tragédia? Quanto à convocação de uma corte sumária, pareceu-lhe algo no mínimo imprudente. A coisa a fazer, refletiu, era manter Billy Budd encarcerado, como ditava o costume, e postergar – como se tratava de caso tão excepcional – quaisquer ações adicionais até que eles se reintegrassem à esquadra, quando deveriam relatar o caso ao almirante. Voltaram-lhe à mente a agitação inaudita e as interjeições excitadas do capitão Vere, tão discrepantes de sua maneira de ser usual. Estaria ele sob efeito de uma perturbação nervosa?

Mas, supondo-se que estivesse, isso não era algo tão suscetível assim de prova. O que o cirurgião poderia fazer? Não há posição mais ingrata que a do oficial submetido ao comando de um capitão sobre quem nutre suspeitas, não de que esteja de fato louco, mas de que tampouco esteja de posse de seu juízo perfeito. Contestar sua ordem seria insolência. Resistir a ela seria motim.

Obedecendo à determinação do superior, o cirurgião comunicou o acontecido aos tenentes e ao capitão dos fuzileiros, mas não lhes disse nada sobre o estado em que se encontrava o comandante. Tanto os primeiros quanto o segundo compartilharam plenamente de sua surpresa e inquietação. Como ele, também pareciam opinar que uma questão como essa deveria ser submetida à consideração do almirante.

XXI

Quem saberia traçar no arco-íris uma linha demarcando o fim do matiz violeta e o início do laranja? Percebemos com clareza a diferença entre as cores, mas qual é o ponto exato em que uma penetra a outra e se mescla com ela? O mesmo acontece com a razão e a insanidade. Quando pronunciadas, não suscitam dúvidas. Mas quando sua presença é apenas presumida ou menos pronunciada, traçar a linha divisória exata é tarefa que poucos assumem, se bem que, em troca de honorários mais consideráveis, alguns especialistas profissionais o façam. E não há nada de admirável, muito pelo contrário, no fato de que alguns homens façam isso, ou tentem fazê-lo por dinheiro.

Se o capitão Vere havia realmente sido vítima de alguma alienação mental repentina, como conjecturava profissional e intimamente o cirurgião, é coisa que cabe a cada um determinar por si, à luz que esta narrativa conseguir lançar sobre o assunto.

Que o infeliz evento recém-narrado não poderia ter acontecido em momento pior, isso é indiscutível. Pois sobreveio no encalço das insurreições suprimidas, que se desdobraram num período extremamente crítico para as autoridades navais, reclamando de todos os comandantes da marinha inglesa duas qualidades não de pronto conciliáveis: a prudência e o rigor. Além do mais, o caso tinha algo de crucial.

Em face das circunstâncias ardilosas que antecederam e marcaram presença no evento ocorrido a bordo da *Bellipotent*, e à luz do código marcial com base no qual esse evento devia ser formalmente julgado, a inocência e a culpa personificadas por Claggart e Budd haviam, na realidade, trocado de lugar. De um ponto de vista legal, a aparente vítima da tragédia era aquele que ensejara vitimar um homem inocente; e, de uma perspectiva naval, o ato incontestável deste último constituía o mais abominável dos crimes militares. Mais: quanto maior a nitidez do que houvesse de essencialmente certo e errado no caso, pior para a responsabilidade de um comandante naval fiel à pátria, visto não estar ele autorizado a pautar-se por esses elementos primitivos para chegar a uma decisão.

Assim, não admira que apesar de ser em geral um homem de decisões rápidas, o capitão da *Bellipotent* sentisse que a circunspecção fazia-se naquele momento tão necessária quanto a presteza. Até que pudesse ponderar todos os detalhes implicados e decidir sobre o rumo a tomar, e mais ainda, até que a providência final estivesse prestes a ser decretada, julgou aconselhável, em vista do estado em que as coisas se encontravam, envidar todos os esforços para prevenir o vazamento do acontecido. É possível que aqui ele tenha se equivocado; ou não. Todavia, o certo é que, nas conversas confidenciais travadas posteriormente em mais de uma ou duas das cabines que ocupavam o convés sob o tombadilho, alguns oficiais dirigiram-lhe não poucas críticas – fato imputado por seus amigos, e com veemência por seu primo Jack Denton, ao ciúme profissional que o estelar Vere despertava. Algum fundamento imaginário para comentários hostis havia. O sigilo guardado em relação ao caso, o confinamento temporário de todas as informações ao lugar onde o homicídio acontecera – a cabine do tombadilho – eram pormenores nos quais entrevia-se alguma semelhança com a política adotada no tocante àquelas tragédias palacianas ocorridas mais de uma vez na capital fundada por Pedro, o Bárbaro.[31]

O caso era de fato tal, que o capitão da *Bellipotent* teria de bom grado protelado quaisquer outras decisões a seu respeito, limitando-se a manter o gajeiro preso até que a nau se reintegrasse à esquadra, para então submetê-lo ao julgamento de seu almirante.

Num aspecto, porém, os verdadeiros oficiais militares são como os verdadeiros monges. A abnegação destes últimos em manter os votos de obediência monástica não é maior do que a dos primeiros em se aferrar aos votos de fidelidade para com os deveres marciais.

Pressentindo que, na ausência de medidas céleres, o ato do gajeiro, assim que dele houvesse notícia nos conveses de bateria, tenderia a reavivar quaisquer borralhos de Nore que porventura ainda dormitassem no seio da tripulação, o capitão Vere foi tomado por um sentido de urgência que se sobrepôs a todas as outras considerações. Não obstante, embora fosse um disciplinador consciencioso, ele não amava a autoridade pela autoridade. Não tinha a

31 Pedro, o Grande (1672-1725), czar russo que fundou a cidade de São Petesburgo em 1703, transformada em capital do Império Russo em 1712. [N. T.]

menor intenção de se aproveitar das oportunidades de monopolizar os perigos que a responsabilidade moral impõe; pelo menos não nas situações em que esses perigos pudessem ser devidamente relatados a oficiais superiores ou compartilhados com oficiais de mesma patente que a sua ou mesmo subordinados. Assim refletindo, ficou feliz que não estivesse em desacordo com os costumes submeter a questão a uma corte sumária formada por seus próprios oficiais, reservando-se a si mesmo, na condição daquele sobre quem a responsabilidade última repousaria, o direito de supervisionar seus trabalhos, de intervir formalmente ou não quando lhe parecesse necessário. Uma corte marcial sumária foi então convocada, composta por indivíduos eleitos pelo comandante: o primeiro-tenente, o capitão dos fuzileiros navais e o piloto.

Ao juntar um oficial fuzileiro ao tenente-do-mar e ao piloto para tratar de um caso que dizia respeito a um marujo, o capitão Vere talvez tenha se afastado das práticas usuais. Foi impelido a isso pela circunstância de ver naquele soldado um sujeito criterioso, ponderado e não de todo inapto a lidar com uma situação difícil e sem precedentes em sua experiência anterior. Daí não se deve concluir, porém, que ele estivesse livre de apreensões latentes a seu respeito, visto também ser o fuzileiro um homem de índole excessivamente boa, apreciador dos prazeres da mesa e do sono, propenso à obesidade, um homem, enfim, que sempre afirmaria sua virilidade no transcurso das batalhas, mas que, não obstante, poderia mostrar-se menos confiável diante de dilemas morais em que houvesse algo de trágico. Quanto ao primeiro-tenente e ao piloto, o capitão Vere não podia senão estar ciente de que, apesar do temperamento sincero e da bravura que haviam vez por outra demonstrado, sua inteligência permanecia mormente confinada aos assuntos da marinharia diligente e às demandas belicosas da profissão.

A corte foi instalada na mesma cabine em que sucedera o infeliz incidente. Essa cabine, destinada ao comandante da nau, ocupava todo o espaço sob o convés de popa. À ré e de cada um dos lados, encontravam-se dois compartimentos reservados, o que agora servia de cárcere temporário e o que fazia as vezes de necrotério, além de um compartimento ainda menor, deixando um espaço entre eles que se abria até atingir uma considerável área oblonga, coincidente com a do vau da embarcação. No teto da cabine havia uma gaiúta de dimensões moderadas, e em cada lateral do espaço oblongo abriam-se duas vigias encaixilhadas, que podiam ser facilmente convertidas em canhoneiras para pequenas caronadas.

Com tudo prestamente arranjado, Billy Budd foi chamado a juízo, cabendo, por força das circunstâncias, a condição de única testemunha do caso ao capitão Vere, o qual, de forma curiosa, recorreu a um expediente trivial para evitar o momentâneo rebaixamento de patente que isso lhe causava, a saber, prestou o testemunho postado a barlavento, com esse intuito colocando os membros da corte sentados a sotavento. Narrou com concisão tudo o que havia levado à catástrofe, nada omitindo da acusação de Claggart e depondo sobre a maneira como o prisioneiro a havia recebido. Diante desse testemunho, os três oficiais dirigiram olhares de não pouca surpresa para Billy Budd, o último homem que suporiam capaz, fosse dos desígnios amotinadores que Claggart alegara, fosse do ato que ele incontestavelmente acabara de executar. Assumindo a primazia judiciária que o posto lhe conferia, o primeiro-tenente virou-se para o prisioneiro e disse:

– O capitão Vere falou. É ou não verdade o que diz o capitão Vere?

Em resposta vieram sílabas pronunciadas com menos embaraço do que se poderia talvez prever. Foram as seguintes:

– O capitão Vere fala a verdade. Foi exatamente como disse o capitão Vere, mas não como disse o mestre-d'armas. Eu comi do pão do rei e a Sua Majestade sou fiel.

– Acredito em você, meu jovem – disse a testemunha, e o tom de voz sugeria uma emoção reprimida que não se traía de outra forma.

– Que Deus abençoe Vossa Excelência por isso! – exclamou Billy, não sem tartamudear e quase fraquejando. Mas foi imediatamente obrigado a reassumir o controle face a outra pergunta, à qual, com a mesma dificuldade emocional de expressão, respondeu: – Não, não havia maldade entre nós. Jamais quis mal ao mestre-d'armas. Sinto que ele esteja morto. Não tive intenção de matá-lo. Se tivesse conseguido fazer uso da minha língua, não teria batido nele. Acontece que ele disse uma mentira deslavada na minha cara e na frente do meu capitão. Eu precisava falar alguma coisa, mas só consegui falar com um murro. Que Deus me ajude!

Na maneira impulsiva e sincera do cândido sujeito, os integrantes da corte viram a confirmação de tudo o que estivera implícito em palavras que pouco antes os haviam desconcertado, proferidas como o foram pela testemunha da tragédia logo após o repúdio comovido de Billy quanto a suas intenções revoltosas; palavras ditas pelo capitão Vere: "Acredito em você, meu jovem".

Depois lhe indagaram se tinha conhecimento ou suspeitava de algo que indicasse a existência de distúrbios incipientes (querendo com isso referir-se à palavra motim, ainda que sem usá-la explicitamente) em alguma das seções da tripulação do navio.

A resposta tardou. Como seria natural, isso foi imputado pela corte ao mesmo embaraço vocal que retardara ou obstruíra respostas anteriores. Mas o problema aqui era em essência outro, pois o efeito imediato da pergunta foi evocar em Billy a lembrança da entrevista com o grumete debaixo da enxárcia de proa. Uma repugnância inata o impediu, contudo, de desempenhar um papel que se avizinhasse, por pouco que fosse, da figura de delator de seus próprios colegas de bordo – o mesmo sentido equivocado de honradez ignorante que naquela ocasião havia se interposto, impedindo-o de relatar o assunto, ainda que a lealdade exigida dos tripulantes dos navios de guerra tornasse tal atitude obrigatória e a omissão, se denunciada e comprovada, sujeitasse-os à mais dura das punições; essa repugnância, somada à convicção cega a que ele agora havia chegado de que na realidade ninguém estava tramando coisa alguma, foi o que nele predominou. Quando a resposta veio, foi negativa.

– Mais uma pergunta – disse o oficial fuzileiro, que falava pela primeira vez e o fazia com seriedade apreensiva. – Você nos diz que a alegação do mestre-d'armas era mentirosa. Por que então ele teria mentido, e mentido de forma tão perversa, já que não havia, de acordo com o seu depoimento, maldade entre vocês?

Diante dessa questão, que tocava inconscientemente numa esfera espiritual de todo obscura para os seus pensamentos, Billy ficou desnorteado, demonstrando uma confusão que alguns observadores, como os que se pode prontamente imaginar, tomariam por evidência involuntária de que o marujo ocultava alguma culpa. A despeito disso, ele bem que tentou encontrar uma resposta, mas súbito desistiu do esforço vão, lançando ao mesmo tempo um olhar suplicante para o capitão Vere, como que o tomando por seu protetor e melhor amigo. Este, que até então se mantivera sentado, levantou-se e dirigiu a palavra ao interrogador:

– A pergunta que o senhor lhe faz é natural. Mas como ele poderia nos dar a verdadeira resposta? Ele ou qualquer outra pessoa, exceto aquele que jaz ali dentro? – apontando o compartimento para onde o corpo fora recolhido. – Não obstante, nossos chamamentos não bastarão para erguer o que tombou. Na realidade, a questão que o senhor coloca é, a meu ver, de pouca monta. No presente caso, cabe a esta corte marcial, sem qualquer consideração pelos motivos que possivelmente tenham influenciado o mestre-d'armas e desprezando a provocação que instigou o golpe, confinar sua atenção à consequência do golpe, julgando-a legitimamente não por outra coisa senão por aquilo que é: um ato do agressor.

Malgrado ser bastante improvável que Billy houvesse compreendido seu significado por inteiro, a declaração fez com que ele olhasse ansiosa e inquisitivamente para o orador, fitando-o com uma expressão apalermada não muito diversa da que os cães de raça afável por vezes dirigem aos donos, quando buscam em seu semblante a elucidação de gestos que tenham parecido ambíguos à inteligência canina. Essa mesma declaração tampouco deixou de ter efeito notável sobre os três oficiais, em especial sobre o soldado. Pareceu-lhes guardar um significado imprevisto, implicando prejulgamento por parte do orador. Acentuou, assim, uma perturbação mental que já antes era bastante evidente.

O soldado tornou a falar, dirigindo-se simultaneamente ao capitão Vere e a seus colegas num tom de sugestiva dubiedade:

– Não há ninguém presente, isto é, nenhum membro da tripulação, que possa apresentar visões alternativas, se é que existe alguma, sobre os aspectos deste caso que permanecem misteriosos.

– É uma observação muito ponderada – disse o capitão Vere – Percebo aonde o senhor quer chegar. Ah, estamos diante de um mistério! Mas, para usar a expressão bíblica, trata-se do "mistério da iniquidade", uma questão que cabe aos teólogos de orientação psicológica discutir. O que uma corte militar tem a ver com essa questão? Isso sem dizer que, para nós, qualquer possibilidade de investigação está de antemão descartada, tendo em vista o emudecimento definitivo desse... daquele... que está ali – novamente apontando o compartimento mortuário. – Temos de nos ater ao ato do prisioneiro, e nada mais.

Quanto a isso, e em particular à reiteração final, o soldado, sem saber como retorquir de modo apropriado, absteve-se, pesaroso, de dizer o que fosse. Então o primeiro-tenente, que inicialmente assumira na corte uma primazia em nada inusitada, atendeu à instrução imperiosa que o capitão lhe comunicava com um olhar de soslaio, um olhar mais eficaz que qualquer palavra, e recuperou aquela condição. Virando-se para o prisioneiro, disse:

– Budd – e continuou em tom pouco uniforme –, Budd, se tem qualquer outra coisa a dizer em sua defesa, faça-o agora.

Em vista disso, o jovem marujo lançou outro olhar rápido para o capitão Vere. A seguir, como se apreendendo algo que a expressão deste insinuava, algo que confirmava sua própria intuição de que o melhor a fazer agora era manter-se em silêncio, respondeu ao tenente:

– Já disse tudo, senhor.

O fuzileiro – o mesmo que havia ficado de sentinela do lado de fora da cabine quando o gajeiro, seguido pelo mestre-d'armas, ingressara nos alojamentos do capitão –, tendo permanecido junto ao marujo durante todos esses trâmites judiciais, foi então orientado a conduzi-lo de volta ao compartimento à ré que havia sido originalmente designado para o prisioneiro e seu guarda. Quando a dupla sumiu de vista, os três oficiais, como se parcialmente liberados de algum constrangimento íntimo associado à mera presença de Billy, mexeram-se ao mesmo tempo em suas cadeiras. Trocaram olhares de inquieta indecisão, sentindo, todavia, que precisavam decidir, e sem muita delonga, pois o capitão Vere parecia ter embarcado num de seus acessos de alheamento: com um movimento inconsciente, dera as costas para eles e olhava pela vigia a barlavento, fitando o vazio monótono do oceano crepuscular. Mas o prolongamento do silêncio, entrecortado apenas por consultas breves e ocasionais, feitas em tom baixo e grave, serviu para despertá-lo e reanimá-lo. Virando-se, pôs-se a caminhar transversalmente de um lado para outro da cabine, num movimento que, em seu retorno ascendente para barlavento, quando tinha de galgar o convés da nau adernada a sotavento, simbolizava, sem que disso ele se apercebesse, uma mente resolvida a superar todas as dificuldades, mesmo que tivesse de contrariar impulsos primitivos tão fortes como o vento e o mar. Dali a pouco, estacou diante dos três. Depois de perscrutar seus semblantes, ficou ali, menos como quem passa em revista os pensamentos antes de exteriorizá-los, do que como alguém que delibera em seu íntimo sobre a melhor maneira de os apresentar a homens bem-intencionados mas intelectualmente imaturos; homens para os quais seria preciso demonstrar certos princípios que, para ele, tinham valor de axioma. É, talvez, uma impaciência semelhante em relação aos discursos que dissuade certas mentes de falar em assembleias populares.

Quando o capitão Vere por fim falou, foi possível notar, no conteúdo do que disse como na maneira de dizê-lo, a influência de estudos solitários que haviam modificado e abrandado o treinamento prático inerente à carreira ativa por ele abraçada. Isso, em conjunto com a fraseologia, sugeria aqui e ali as bases sobre as quais repousava a imputação de certo pedantismo socialmente alegado contra ele por homens do mar de inclinação totalmente prática, capitães que, não obstante isso, admitiriam com sinceridade não haver na marinha de Sua Majestade um oficial de mesma patente que fosse tão capaz quanto o estelar Vere.

O que ele disse foi o seguinte:

– Até aqui, fui apenas testemunha ou pouco mais do que isso, e dificilmente pensaria em assumir outro tom agora que não o de seu coadjutor temporário, se não percebesse nos senhores – e na própria crise pela qual atualmente passamos – uma hesitação perturbada que não hesito em atribuir à colisão entre deveres militares e escrúpulos morais; escrúpulos esses que a compaixão intensifica. Quanto à compaixão, como eu poderia senão compartilhá-la? Cônscio, porém, de obrigações supernas, luto contra escrúpulos que tendam a amolecer a firmeza. O que não significa, senhores, que eu descuide da natureza excepcional do caso. De um ponto de vista especulativo, a situação bem que merecia ser submetida a um júri de casuístas. Mas para nós, que não agimos aqui nem como casuístas, nem como moralistas, trata-se de uma questão prática a ser pragmaticamente resolvida de acordo com o que determina a lei marcial.

– Voltando aos seus escrúpulos: por acaso eles se agitam como num lusco-fusco? Desafiem-nos. Obriguem-nos a se apresentar e a se declarar. Vejamos se o que eles dizem é mais ou menos o seguinte: se desprezarmos as circunstâncias atenuantes, isso nos obriga a ver na morte do mestre-d'armas um ato do prisioneiro e, temos de considerar que esse ato constitui um crime cuja punição é a pena capital. Ora, mas será que à justiça natural interessa apenas e tão somente a ação manifesta do prisioneiro? Como condenar a uma morte sumária e vergonhosa uma criatura inocente perante Deus e que sentimos ser de fato inocente? Expresso bem suas dúvidas? Vejo-os menear a cabeça em triste aquiescência. Bem, eu também sinto isso, e sinto toda a força disso. É a natureza. Contudo, digam-me: esses botões que envergamos por acaso atestam nossa fidelidade à natureza? Não. O que eles simbolizam é a fidelidade que devemos ao rei. Embora nos movamos e levemos nossa existência marinheira no oceano – que é a natureza em seu estado primevo e inviolado –, malgrado isso, jazerão em esfera igualmente natural os deveres que a condição de oficiais do rei nos impõe? Nada disso. E não é à toa que, no tocante às questões mais fundamentais, ao recebermos nossas patentes, deixamos de ser agentes naturalmente livres. Por acaso nos consultam, a nós, guerreiros de patente, antes que se declarem as guerras? Recebemos ordem para lutar, e lutamos. Se somos de opinião favorável à guerra, isso não passa de coincidência. E assim é também em relação a outros aspectos. Pois bem. Suponhamos que desse processo o réu saia condenado. De quem seria a responsabilidade pela condenação? Nossa, ou da lei marcial que operou através de nós? Por essa lei e seu rigor não somos responsáveis. A responsabilidade que nosso juramento impõe é a seguinte: por mais impiedosa que tal lei possa ser em certos casos, cabe-nos, não obstante, devotar-lhe lealdade e cuidar de sua aplicação.

– Todavia, o caráter excepcional do caso comove os seus corações. Até o meu está comovido. Não consintamos, porém, que corações cálidos atraiçoem cabeças que têm o dever de se manter frias. No julgamento de atos criminosos, o consciencioso juiz de terra firme deveria desinvestir-se da toga para cair na emboscada preparada pela terna parenta do acusado, que busca sensibilizá-lo com sua súplica lacrimosa? Ora, aqui o coração, que às vezes é o feminino no homem, age como essa mulher comovente, e, por mais duro que isso seja, ela deve ser desconsiderada.

O capitão fez uma pausa, dedicando alguns instantes ao estudo atento dos demais. Então recomeçou:

– Contudo, algo em suas fisionomias parece argumentar que não é apenas o coração que se agita, mas também a consciência, a consciência individual de cada um dos senhores. Digam-me, porém: considerando a posição que ocupamos, não deveria a consciência individual capitular às determinações daquela consciência imperial, exposta no código à luz do qual temos exclusivamente de proceder enquanto oficiais?

A essa altura, os três homens mexeram-se em suas cadeiras, menos convencidos que perturbados com o rumo de um argumento que não fazia senão aguçar ainda mais o conflito travado em seu íntimo.

Ao perceber isso, o orador fez uma pausa. Então, mudando abruptamente de tom, prosseguiu:

– Para que fiquemos mais sossegados, consideremos os fatos. Em tempo de guerra, um marujo de uma belonave golpeia seu superior, e o golpe causa a morte deste. De acordo com o Código de Justiça Militar, o golpe, sejam quais forem seus efeitos, constitui por si só um crime capital. Além disso...

– Ah, senhor – aparteou, impelido pela emoção, o oficial fuzileiro –, em certo sentido o senhor tem razão. Mas Billy certamente não tinha a menor intenção de organizar um motim, assim como não pretendia cometer homicídio.

– É claro que não, meu bom homem. E perante um tribunal menos arbitrário e mais clemente que uma corte marcial, esse argumento em grande medida abrandaria a pena; no Juízo Final, absolveria o réu. Mas de que maneira isso seria possível aqui? Agimos sob as injunções da lei antimotim. Em fisionomia, nenhuma criança assemelha-se tanto à mãe quanto, em espírito, essa lei assemelha-se à coisa da qual deriva: a guerra. A serviço de Sua Majestade, nesta mesma nau, há ingleses que são obrigados a lutar pelo rei contra a vontade. Por tudo que sabemos, fazem-no contra a própria consciência. Ainda que alguns de nós, considerando-os como nossos semelhantes, possam ter apreço por sua situação, o que nos importa isso quando olhamos para eles na condição de oficiais da marinha? Importa ainda menos ao inimigo, que de bom grado derrubaria com o mesmo golpe de alfanje nossos conscritos e voluntários. E não sentimos outra coisa em relação a seus conscritos navais, alguns dos quais talvez compartilhem de nossa repugnância pelo Diretório Francês regicida. A guerra não olha senão para as frontarias, para as aparências. E a lei antimotim, filha da guerra, saiu-se à mãe. No caso, a intenção ou falta de intenção de Budd não tem a menor importância.

– Todavia, enquanto estou aqui a repetir argumentos, levado a isso pelas inquietações dos senhores, que merecem todo o meu respeito, e assim prolongando de modo estranho um processo que deveria ser sumário, o inimigo pode aproximar-se e daí resultar uma contenda. Temos de resolver a questão, e só temos duas opções: condenar ou absolver.

– Não poderíamos condenar e, ao mesmo tempo, abrandar a pena? – indagou o piloto, pronunciando-se então pela primeira vez, e de forma hesitante.

– Senhores, mesmo que nas atuais circunstâncias isso nos fosse perfeitamente lícito, peço-lhes que considerem as consequências de tal clemência. A cabeça dessa gente – referia-se à tripulação do navio – é ingênua; a maioria está familiarizada com nossos costumes e tradições navais. Como veriam essa decisão? Mesmo que pudéssemos explicar-lhes, o que nossa condição de oficiais proíbe, isso de nada adiantaria, pois foram há muito moldados pela disciplina arbitrária e não dispõem do tipo de percepção inteligente que os qualificaria para a compreensão e o discernimento.

Não, aos olhos da marinhagem, sejam quais forem as palavras por meio das quais o anúncio venha a ser feito, o ato do gajeiro parecerá um homicídio incontestável, levado a cabo em ação de flagrante motim. A punição para isso eles sabem qual é. Mas não é aplicada. "Por quê?", ruminarão. Os senhores conhecem os marujos. Não reverterão à recente insurreição de Nore? Ah, eles sabem do bem fundamentado alarme, do pânico que isso disseminou por toda a Inglaterra! Atribuiriam sua sentença indulgente à pusilanimidade. Pensariam que vacilamos, que tivemos medo deles, que nos esquivamos de aplicar o rigor legal singularmente exigido pela presente conjuntura por recear que isso causasse novos transtornos. Que desonra para nós seria essa conjectura da parte deles! E que impacto letal teria sobre a disciplina! Percebem aonde, movido pelo dever e pela lei, quero resolutamente chegar. Contudo, peço-lhes, amigos, que não me levem a mal. Como os senhores, lamento por esse rapaz desafortunado. Entretanto, sendo a natureza dele tão generosa como suponho, creio que se soubesse do que se passa em nosso coração seria capaz até mesmo de se compadecer de nós, sobre cujos ombros esta conjuntura militar deposita tão pesada obrigação.

Dito isso, ele atravessou o convés e reassumiu seu lugar junto à vigia encaixilhada, deixando tácito que cabia agora aos três chegar a uma decisão.

Do lado oposto da cabine, os perturbados membros da corte permaneciam sentados e em silêncio. Vassalos fiéis, simples e pragmáticos, por mais que no fundo dissentissem de alguns dos argumentos que o capitão Vere lhes apresentara, não possuíam a faculdade e tampouco a inclinação de contradizer alguém que sentiam ser um homem sério, dotado de uma superioridade intelectual que o alçava acima deles não menos que a própria hierarquia naval.

Não é improvável, porém, que mesmo sem deixar de influenciá-los, as palavras do capitão os tenham impressionado menos que o apelo final, dirigido a seus instintos de oficiais do mar: o prognóstico que ele expôs quanto às consequências práticas para a disciplina, em vista do suposto clima então reinante na armada, caso houvesse condescendência na punição ao responsável pelo violento assassinato de um superior, caso um marujo conseguisse se safar com algo menos que a imediata aplicação da pena capital que tal crime implicava.

Não é inverossímil supor que o ânimo deles tenha assumido feições mais ou menos semelhantes às da atormentada disposição de espírito que, no ano de 1842, incitou o comandante do brigue *Somers*, da Marinha dos Estados Unidos, a decidir-se, à luz do chamado Código de Justiça Militar, código este que fora baseado na legislação antimotim inglesa, pela execução de um aspirante de marinha e dois marujos, acusados de planejar um motim para assumir o controle do brigue. A resolução foi aplicada não obstante os tempos serem de paz e não faltarem muitos dias de viagem para o retorno à pátria. E o ato foi vindicado por um tribunal de sindicância posteriormente instalado em terra firme. Trata-se de fato histórico, aqui mencionado sem comentários. É bem verdade que havia diferenças entre as circunstâncias a bordo do brigue *Somers* e da nau *Bellipotent*. Mas o sentimento de urgência, justificado ou não, era o mesmo.

Diz um escritor por poucos conhecido: "para alguém que analisa uma batalha da qual não participou, travada quarenta anos antes, é fácil dizer como o combate deveria ter sido conduzido. Coisa bem diversa é, pessoalmente e sob fogo inimigo, comandar a luta imerso na fumaça escura que dela exala. O mesmo vale no tocante a outras emergências que envolvem considerações de ordem prática e moral, e nas quais é imperativo agir prontamente. Quanto mais densa a neblina, maior perigo corre o vapor, que aumenta a velocidade malgrado o risco de colisão. Recolhidos ao conforto de suas cabines, os jogadores de cartas não fazem ideia das responsabilidades do homem que atravessa a noite de quarto na ponte".

Em síntese, Billy Budd foi formalmente condenado e sentenciado a ser enforcado no lais da verga no primeiro quarto da manhã, pois a noite já caíra por então. Não fosse isso, a sentença teria sido cumprida de imediato, como costuma acontecer em tais casos. Em tempo de guerra, seja no campo de batalha, seja no seio da armada, a condenação à morte decretada por uma corte marcial sumária – que no campo de batalha é por vezes decidida com um simples aceno de cabeça do general – vem sem demora no encalço da condenação, e sem direito a apelação.

XXII

Foi o capitão Vere quem, de moto próprio, comunicou o veredicto da corte ao prisioneiro, dirigindo-se com tal propósito ao compartimento onde Billy permanecia confinado e ordenando ao fuzileiro ali de guarda que se retirasse por alguns instantes.

Afora a comunicação da sentença, nunca ninguém soube o que aconteceu durante a entrevista. Considerando-se, porém, o caráter dos dois indivíduos que breve e reservadamente se reuniram naquele cubículo, levando em conta que ambos compartilhavam, de maneira radical, das qualidades mais raras de nossa natureza – tão raras, de fato, que pareceriam quase inacreditáveis mesmo às mais cultas dentre as mentes medianas –, pode-se arriscar algumas conjecturas.

Seria conforme ao espírito do capitão Vere nada ocultar ao condenado naquela ocasião, revelando-lhe de maneira franca o papel por ele desempenhado na formulação da sentença e, ao mesmo tempo, expondo-lhe as razões que o haviam feito agir daquela maneira. Da parte de Billy, não é improvável que tal confissão fosse recebida com um espírito muito semelhante ao que a inspirara. Com efeito, talvez não fosse sem uma espécie de alegria que ele apreciaria a atribuição de bravura implícita no fato de o capitão lhe fazer de confidente num caso como esse. No que concerne à sentença, Billy tampouco poderia mostrar-se insensível à impressão de que ela lhe havia sido imposta por ele ser alguém que não temia a morte. Talvez haja acontecido ainda mais que isso. É possível que, ao final do encontro, o capitão Vere tenha manifestado a paixão que às vezes permanecia latente sob o exterior estoico ou indiferente. Ele tinha idade para ser pai de Billy. Pode ser que, no fim do encontro, o austero devoto do dever militar, entregando-se àquilo que subsiste de primevo em nossa humanidade estilizada, tenha abraçado Billy, cingindo-o contra o peito do mesmo modo que Abraão talvez tenha feito com o jovem Isaac no momento em que, obediente ao árduo comando, preparava-se para oferecê-lo em holocausto.[32] Não há, porém, como conhecer o sacramento – raramente revelado para o mundo errante – com que, sob circunstâncias minimamente semelhantes às que aqui se tenta descrever, unem-se num abraço dois indivíduos da mais nobre ordem da magnífica natureza. Trata-se de momento reservado, inviolável para o sobrevivente; e o sagrado esquecimento, que sobrevém ao ato mais divinamente magnânimo, cuida providencialmente de tudo encobrir, enfim.

32 Cf. Gênesis 22, 1-18. [N. T.]

O primeiro a encontrar o capitão Vere no instante em que este saía do compartimento foi o primeiro-tenente. O semblante que ele perscrutou, e em que momentaneamente entreviu a agonia dos fortes, foi para o oficial, malgrado seus cinquenta anos, uma revelação chocante. Que o condenado sofreu menos que o principal responsável por sua condenação é algo que a exclamação do primeiro parece sugerir, proferida em cena que terá de ser mencionada em breve.

XXIII

De uma série de incidentes que se sucedem rapidamente em curto espaço de tempo, a narrativa mais apropriada talvez seja a que se estende por período menos breve, sobretudo se explicações e comentários parecem necessários aqui e ali para a melhor compreensão dos incidentes. Entre o momento do ingresso na cabine daquele que jamais saiu vivo dali e daquele que, quando saiu, o fez na condição de condenado à morte; entre esse momento e a entrevista reservada há pouco referida, menos de uma hora e meia transcorreu. Todavia, foi tempo bastante para levar não poucos integrantes da tripulação a especular sobre o que poderia estar retendo o mestre-d'armas e o marujo no interior da cabine; pois o boato de que ambos haviam sido vistos entrando mas nenhum dos dois fora visto saindo, esse boato já circulara pelos conveses de bateria e pelos topos dos mastros, como sói acontecer nas grandes belonaves, onde, nesse aspecto, os marujos comportam-se como os aldeões, tomando nota microscópica de todos os movimentos ou não-movimentos que acontecem em público. Desse modo, quando a marinhagem recebeu ordem de se apresentar no convés no segundo meio-quarto, sob condições atmosféricas de modo algum tempestuosas, convocação esta que, em tais circunstâncias, era pouco habitual a essa hora do dia, os tripulantes não estavam de todo despreparados para ouvir um anúncio extraordinário; anúncio que, além disso, deveria estar relacionado com a prolongada ausência dos dois homens nos lugares costumeiramente frequentados por eles.

O mar estava calmo, e a lua que acabara de nascer, quase cheia, prateava o branco espardeque onde não era eclipsada pelas nítidas sombras projetadas horizontalmente pelo arvoredo da nau e pelos homens ali reunidos. A guarda dos fuzileiros navais, de armas em punho, perfilou-se de ambos os lados do tombadilho; e o capitão Vere, circundado em seu posto por todos os oficiais da praça-d'armas, dirigiu-se aos homens. Ao fazê-lo, seus modos não revelavam nem mais nem menos do que convinha à posição suprema por ele ocupada a bordo de seu próprio navio. De forma clara e concisa, relatou-lhes o que havia acontecido no interior da cabine: que o mestre-d'armas estava morto, que o responsável pelo assassinato já fora julgado e condenado à morte por uma corte sumária e que a execução teria lugar no primeiro quarto da manhã. Não tocou na palavra *motim*. Também se absteve de aproveitar a ocasião para fazer qualquer prédica a respeito da manutenção da disciplina, pensando, talvez, que dada a conjuntura então reinante na marinha, as consequências de sua violação deviam falar por si mesmas.

De pé, a chusma de marinheiros escutou o anúncio do capitão dominada por um mutismo comparável ao da congregação de fiéis que, crentes na existência do inferno, sentam-se para escutar o anúncio do texto calvinista proferido por seu clérigo.

Ao término do comunicado, porém, ouviu-se um murmúrio confuso. O rumor começou a crescer. Então, a um sinal quase imediato, soaram os apitos agudos do contramestre e seus auxiliares, atravessando e suprimindo o rumor. Foi dada ordem de virar por d'avante.

A fim de ser preparado para o sepultamento, o corpo de Claggart foi entregue aos suboficiais de seu rancho. E aqui, de modo a não atravancar com assuntos paralelos o que segue, pode-se acrescentar que, a uma hora apropriada, o mestre-d'armas foi lançado ao mar com todas as exéquias devidas a seu lugar na hierarquia naval.

No cumprimento dessa formalidade, assim como em todos os demais procedimentos públicos derivados da tragédia, observou-se estrita aderência aos costumes. Nem poderia ter havido qualquer desvio em relação a eles, fosse no tratamento dado a Claggart ou no conferido a Billy Budd, sem que isso semeasse especulações indesejáveis no seio da tripulação, visto serem os marujos, especialmente os da marinha de guerra, dentre todos os homens, os mais aferrados aos costumes. Por razão semelhante, toda a comunicação entre o capitão Vere e o condenado encerrou-se com a entrevista reservada já aludida, e este último estava agora entregue à rotina corriqueira que antecede o fim. Acompanhado por sentinelas, mas sem precauções especiais – ou, pelo menos, imperceptíveis –, foi transferido dos alojamentos do capitão. É que, nos navios de guerra, uma das regras tácitas adverte que, se possível, não se deixe passar pela cabeça dos homens a ideia de que seus superiores anteveem qualquer tipo de impropriedade. E quanto maior for o temor de que alguma espécie de problema realmente ocorra, mais os oficiais o omitem, guardando-o para si mesmos, ainda que, não obstante isso, uma vigilância sem alarde possa ser ampliada. No presente caso, o homem designado para a guarda do prisioneiro recebeu ordens rígidas de não permitir que ninguém estabelecesse qualquer comunicação com ele, exceto o capelão. E certas medidas discretas foram adotadas, para garantir a todo custo que essas ordens fossem cumpridas.

XXIV

Nas naus de 74 da velha ordem, o convés principal era o convés que ficava abaixo do espardeque – esse conjunto de estruturas que, embora também contassem com algumas peças de artilharia, permaneciam, em sua maior parte, expostas ao tempo. Não era comum haver redes estendidas no convés principal. Os tripulantes que se balançavam no quarto de descanso faziam-no na primeira ou segunda cobertas – sendo que esta última, além de dormitório, servia também para guardar os sacos de viagem dos marujos, e era ocupada, de um lado e de outro, pelas grandes arcas ou despensas móveis dos vários ranchos da marinhagem.

Do lado de estibordo do convés principal da *Bellipotent*, sob a vigilância do sentinela, eis Billy Budd, metido em ferros, deitado de bruços em uma das baias formadas pelos canhões que, dispostos a intervalos regulares, compõem as baterias de ambos os lados do convés. Essas bocas-de-fogo eram do maior calibre existente na época. Montadas sobre pesadas carretas de madeira, permaneciam embridadas com incômodos tirantes de culatra e sólidas talhas laterais, utilizadas para fazê-las avançar pelas portinholas. Os canhões e as carretas, assim como os compridos soquetes e os mais curtos bota-fogos, que ficavam no alto, suspensos por ganchos, estavam todos, como de costume, pintados de preto; e os grossos tirantes de cânhamo, alcatroados no mesmo tom, pareciam envergar o tradicional libré dos agentes funerários. Em contraste com o matiz funéreo do ambiente, os trajes do marujo – camisa de sarja branca, calça de brim também branca, ambas um tanto sujas – tremeluziam indistintamente à luz mortiça da baia, como um trecho de neve desbotada que em princípios de abril ainda se demorasse no alto de alguma montanha, à frente da boca negra de uma caverna. Billy já veste sua mortalha, ou melhor, as roupas que lhe farão as vezes de uma. Acima dele, iluminando-o apenas parcamente, oscilam duas lanternas que pendem de dois vaus maciços do convés de cima. Alimentadas pelo óleo que a marinha compra dos fornecedores de guerra (cujos lucros, honestos ou não, representam, em todas as nações, porção antecipada da safra a ser ceifada pela morte), elas poluem, com os lampejos bruxuleantes de sua luz amarela e suja, o pálido luar que em manchas entrecortadas tenta em vão atravessar as portinholas abertas, pelas quais projetam-se os canhões tamponados. Outras lanternas, dispostas aqui e ali, não deixam senão vislumbrar um pouco das baias ainda mais ensombreadas que, à feição dos pequenos confessionários ou das capelas laterais de uma catedral, brotam do extenso e amplo corredor mal iluminado que se estende entre as duas baterias desse patamar coberto.

Tal era o convés onde agora jazia o Belo Marujo. Nenhuma palidez conseguiria produzir-se no bronzeado róseo de sua tez, cujo apagamento demandaria dias de reclusão, longe do vento e do sol. Todavia, na altura do ângulo formado pelo malar, os contornos do esqueleto começavam a parecer delicadamente definidos sob as cores cálidas de sua pele. Em corações férvidos e contidos, certas experiências breves devoram o tecido humano à maneira dos fogos secretos que consomem os fardos de algodão nos porões dos navios.

No entanto, estirado ali entre os dois canhões, como se premido pela morsa do destino, a agonia de Billy, resultante sobretudo da defloração de um coração jovem e generoso no primeiro contato com o elemento diabólico que encarna e opera em certos homens – a tensão dessa agonia extinguiu-se. Não sobreviveu ao que a entrevista reservada com o capitão Vere tivera de apaziguadora. Sem se mexer, ele jazia como num transe, sua expressão adolescente assumindo algo do aspecto da criança adormecida no berço, quando, na quietude noturna do quarto, indo e vindo em silêncio, o fulgor ardente da lareira brinca com as covinhas que às vezes se formam misteriosamente nas maçãs de seu rosto. Pois, de quando em quando, em meio a esse enlevo, uma luz alegre e serena, nascida de alguma reminiscência ou devaneio, disseminava-se pelo semblante do agrilhoado e depois se esvaía, apenas para tornar a surgir novamente.

O capelão veio vê-lo. Encontrando-o nesse estado e sem notar nenhum sinal de que o marujo se apercebesse de sua presença, ficou a examiná-lo durante certo tempo. Então saiu sem fazer barulho, deixando a visita para outra hora, talvez por sentir que nem mesmo ele, o ministro de Cristo (muito embora seu estipêndio fosse pago por Marte), teria condições de oferecer um consolo capaz de transcender a paz que ele ali contemplava. Retornou de madrugada, e o prisioneiro, agora atento ao que se passava a seu redor, reparou em sua aproximação. Por cortesia, quase com alegria, deu-lhe as boas-vindas. Na entrevista que se seguiu, porém, foi debalde que o bom homem forcejou por levar a Billy Budd um entendimento pio da morte que sobreviria ao alvorecer. É bem verdade que Billy referia-se a isso sem constrangimento, como algo prestes a acontecer; mas o fazia um tanto à maneira que em geral as crianças têm de falar da morte; elas que, entre seus muitos passatempos, brincam de encenar funerais, com carros fúnebres e figuras enlutadas.

Não que, como as crianças, Billy fosse incapaz de conceber o verdadeiro significado da morte. Nada disso, mas ela não lhe inspirava o menor temor irracional, um temor que é mais predominante em comunidades altamente civilizadas do que nas assim chamadas bárbaras, as quais, em todos os aspectos, permanecem mais próximas da Natureza autêntica. Como ficou dito em outro lugar, um bárbaro era o que Billy radicalmente era – tanto quanto, apesar do vestuário, eram seus patrícios, os britânicos cativos, obrigados a marchar como troféus vivos no triunfo de Germânico em Roma.[33] E tanto quanto aqueles bárbaros ulteriores, provavelmente jovens, selecionados como amostra entre os primeiros britânicos convertidos, pelo menos nominalmente, ao cristianismo e levados a Roma (como os conversos de ilhas não tão importantes hoje são encaminhados a Londres), a respeito dos quais o papa da época, admirado com sua beleza estranha, tão diversa do tipo italiano, sua tez clara e rubicunda, suas madeixas louras, exclamou "Anglos" (querendo dizer *ingleses*, o derivado moderno), "anglos, é assim que os chamam? E será que é por parecerem-se tanto com anjos?".[34] Houvesse isso ocorrido em época posterior, poder-se-ia imaginar que o Papa tivesse em mente os serafins de Fra Angelico, alguns dos quais,

33 César Germânico (15 a. C.-19 d. C.), general de grande popularidade que entrou com marcha triunfal em Roma, em maio de 17 d. C., após derrotar tribos germânicas junto ao Rio Weser. [N. T.]

34 Gregório I (*circa* 540-604), papa de 590 a 604. A historieta é narrada por Beda, o Venerável, em sua *Ecclesiastical History of the English People*, principal fonte sobre a história da conversão das tribos anglo-saxãs ao cristianismo. [N. T.]

apanhando maçãs nos jardins das Hespérides, estampam a tez levemente rósea das mais belas moças inglesas.

Se foi em vão que o capelão procurou impressionar o jovem bárbaro com ideias de morte semelhantes às comunicadas pela caveira, quadrante e tíbias cruzadas que eram gravados nas lápides antigas, tudo indica que foram igualmente infrutíferos seus esforços para tentar fazê-lo compreender as noções de salvação e Salvador. Billy ouviu, menos por temor ou reverência, talvez, do que por certa cortesia inata. Decerto acolheu aquilo tudo em seu íntimo com o mesmo espírito que a maioria dos marinheiros de sua classe encara qualquer discurso marcado pela abstração ou que se distancie do tom banal do mundo cotidiano. E esse modo marinheiro de acolher o discurso clerical não é de todo distinto da maneira como, há muitos anos, a cartilha do cristianismo, repleta de milagres transcendentais, foi recebida pelos assim chamados *selvagens* superiores das ilhas tropicais. Como aconteceu, por exemplo, com um taitiano da época do capitão Cook ou de algum tempo depois.[35] Por cortesia ingênita, recebeu, mas não se apropriou. Foi como um presente colocado na palma de uma mão estendida, em torno do qual os dedos não se fecham.

Mas o capelão da *Bellipotent* era um homem judicioso, dotado do bom senso de um bom coração. Assim, não insistiu em seu ofício. A pedido do capitão Vere, um tenente informara-lhe de quase tudo a respeito de Billy Budd; e como sentisse que, para enfrentar o Juízo Final, a inocência era coisa ainda melhor que a religião, relutantemente se retirou. Tomado pela emoção, não o fez, porém, sem antes executar um ato bastante estranho para

35 James Cook (1728-1779), navegador e explorador inglês, esteve no Taiti em 1769, durante sua primeira expedição ao Pacífico (1768-1771). [N. T.]

um inglês e, naquelas circunstâncias, ainda mais esquisito para um sacerdote, fosse qual fosse sua ordem monástica. Curvando-se, beijou a bela face daquele seu semelhante, um homem que a lei marcial enxergava como criminoso, alguém que embora no limiar da morte, ele jamais seria capaz de converter a um dogma, sem por isso temer quanto a seu futuro.

Não é de admirar que, mesmo estando a par da inocência essencial do marujo, o digno sujeito não houvesse levantado um dedo sequer para impedir a morte desse mártir da disciplina marcial. Fazê-lo teria sido não apenas tão inútil quanto invocar o deserto, como também significaria transgredir de forma insolente os limites de suas atribuições, as quais, do mesmo modo que as do contramestre e de quaisquer outros oficiais navais, eram prescritas pelo estatuto militar. Sem meias palavras, o fato é que o capelão é ministro do Príncipe da Paz, mas serve nas hostes de Marte, o deus da guerra. Enquanto tal, sua incongruência é tão grande quanto a de um mosquete diante do altar em pleno Natal. Por que então está ali? Por ser indiretamente útil aos desígnios evidenciados pelo canhão; e também por emprestar a sanção da religião dos humildes àquilo que, em termos práticos, é a ab-rogação de tudo, menos da força bruta.

XXV

A noite, tão luminosa no espardeque, mas não nos conveses inferiores – esses patamares que tanto se assemelham às várias galerias das minas de carvão –, a noite luminosa escoou. E, à maneira do profeta, que ao desaparecer no carro em direção aos céus deixou cair o manto para Eliseu, ela transferiu sua pálida túnica para o dia que despontava.[36] Uma luz suave, tímida, surgiu no oriente, onde se espraiou o velo diáfano de uma bruma estriada e branca. Essa luz foi aos poucos ganhando intensidade. Subitamente, *oito badaladas* soaram a ré, respondidas pelo som metálico e mais alto de uma badalada a vante. Eram quatro horas da manhã. No mesmo instante, ouviram-se os apitos estridentes, convocando a tripulação para presenciar a execução. Subindo pelas grandes escotilhas orladas por engradados de munição pesada, os marinheiros de quarto embaixo surgiram aos borbotões, somando-se aos que já estavam em cima e espalhando-se pelo espaço entre o mastro grande e o traquete, inclusive no lugar ocupado pela grande lancha e pelas antenas pretas empilhadas de ambos os lados do convés, lancha e antenas servindo de postos elevados de observação para os *powder-boys*[37] e os marujos mais jovens. Um grupo diferente, composto de um dos quartos de gajeiros, apoiava-se sobre o parapeito daquela sacada marinha que nas naus de 74 não era nada pequena, contemplando a multidão reunida embaixo. Homem ou menino, nenhum deles falava senão por sussurros, e eram poucos os que de fato se aventuravam a abrir a boca. O capitão Vere – como antes, figura central entre os oficiais de patente ali reunidos – permanecia junto à extremidade do convés de popa, de frente para a proa. Pouco abaixo, no tombadilho, os fuzileiros navais, completamente apetrechados, perfilavam-se de maneira muito similar à cena de promulgação da sentença.

Nos velhos tempos, as execuções por enforcamento de integrantes da marinha de guerra, quando realizadas em alto-mar,

36 Cf. 2 Reis 2, 11-13. [N. T.]

37 Rapazes encarregados de transportar pólvora do paiol para os canhões. [N. T.]

geralmente aconteciam na verga do traquete. No presente caso, por razões especiais, optou-se pela verga grande. Sem demora, o prisioneiro foi conduzido para debaixo de um dos laises dessa verga, assistido pelo capelão. Observou-se na ocasião e comentou-se mais tarde que o comportamento do bom homem nesta cena final teve pouco ou nada de perfunctório. Na realidade, a prédica que fez ao condenado foi breve, mas o genuíno Evangelho manifestou-se menos em sua língua que em seu aspecto e na maneira como o tratou. Com os preparativos pessoais deste último sendo rapidamente levados a cabo por dois dos auxiliares do contramestre, a consumação da sentença era iminente. Billy estava de frente para a popa. No penúltimo momento, suas palavras, as únicas que proferiu, palavras que saíram com pronúncia completamente desobstruída, foram estas:

– Deus abençoe o capitão Vere!

O efeito de sílabas tão despropositadas, provenientes de alguém que tinha o pescoço já cingido pelo cânhamo ignominioso – uma benção endereçada pelos réus convencionais à ré, aos alojamentos de honra – emitidas ademais com a límpida melodia de um pássaro canoro prestes a se projetar do galho, o efeito dessas sílabas foi fenomenal e em nada diminuído pela rara beleza pessoal do jovem marujo, agora espiritualizado pelas experiências recentes, tão amargamente profundas.

Independente de volição, como se o populacho da nau não fosse mais que o veículo de uma corrente elétrica vocal, a uma só voz, vindo de baixo e de cima, um eco estrondoso e compassivo soou:

– Deus abençoe o capitão Vere!

E, contudo, naquele momento, no coração dos marinheiros, assim como em seus olhos, só deve ter havido lugar para Billy.

Diante das palavras pronunciadas e do eco espontâneo que as fez reverberar sonoramente, o capitão Vere, fosse por conta de um autocontrole estoico ou de uma espécie de paralisia momentânea resultante de choque emocional, permaneceu rigidamente ereto, como os mosquetes que os armeiros da naus guardam em seus cavaletes.

Recobrando-se lentamente do balanço periódico para sotavento, o casco do navio acabava de recuperar a posição horizontal quando o último sinal foi dado – um gesto mudo, conforme previamente combinado. No mesmo instante, o velo brumoso que pairava no oriente foi atravessado por um esplendor suave, como o do velo do Cordeiro de Deus entrevisto em visão mística. Simultaneamente, observado pela massa cuneiforme de faces voltadas para cima, Billy ascendeu e, ascendendo, recebeu em cheio a luz do arrebol.

Para assombro de todos, na figura manietada que chegou à ponta da verga não havia nenhum movimento aparente, exceto o provocado pelo lento balanço do casco em mar calmo, esse balanço que é tão majestoso nas naus poderosamente canhonadas.

XXVI

Quando, alguns dias mais tarde, referindo-se à singularidade recém-mencionada, o comissário de bordo, um sujeito bastante corado e rotundo, mais preciso como contador do que profundo como filósofo, comentou-a na hora do rancho com o cirurgião – "Que testemunho do poder que a força de vontade abriga!" –, este último, homem saturnino, magro e alto, em quem a causticidade discreta convivia com maneiras menos afáveis que polidas, retorquiu:

– Desculpe-me, sr. Comissário, mas em enforcamentos conduzidos segundo preceitos científicos, e de acordo com as determinações que eu mesmo especifiquei quanto ao modo como o de Budd devia ser efetuado, quaisquer movimentos que ocorram depois da suspensão completa do corpo e que dele procedam são indicativos de espasmos mecânicos do sistema muscular. De modo que atribuir essa ausência de movimento à força de vontade, como o senhor a chama, é tão válido, permita-me dizê-lo, quanto imputá-la à força de trabalho.

– Mas esse espasmo muscular de que o senhor fala não é aquele que em grau mais ou menos invariável ocorre em tais casos?

– Decerto que sim, sr. Comissário.

– Como explicar então, meu bom senhor, que ele não se produzisse neste caso?

– Parece-me evidente, sr. Comissário, que a sua noção de singularidade em relação a esta questão não corresponde à minha. O senhor a explica pela ação do que chama de força de vontade – termo ainda não incluído no léxico da ciência. Quanto a mim, com os conhecimentos de que disponho, não finjo ter nenhuma explicação para ela. Mesmo considerando a hipótese de que os batimentos do coração de Budd, intensificados pela emoção extraordinária, que então chegava ao clímax, tenham abruptamente cessado ao primeiro contato com as adriças, feito um relógio ao qual damos muita corda, partindo-a quando chega ao fim, mesmo considerando essa hipótese, como explicar o fenômeno que se seguiu?

– O senhor admite, então, que a ausência de movimentos espasmódicos foi algo fenomenal.

– Sim, sr. Comissário, foi algo fenomenal, mas no sentido de uma manifestação cuja causa não se pode determinar de imediato.

– Mas diga, meu caro senhor – continuou o outro com pertinácia –, a morte do sujeito foi consequência do enforcamento ou tratou-se de uma espécie de eutanásia?

– Perdoe-me novamente, sr. Comissário, mas *eutanásia* é algo como a sua *força de vontade*: duvido da autenticidade dela enquanto termo científico. É ao mesmo tempo imaginária e metafísica; em suma, grega. Entretanto – mudando abruptamente de tom –, há um caso na enfermaria que eu não gostaria de deixar aos cuidados de meus assistentes. Desculpe-me, mas terá de me dar licença – e levantou-se com gestos formais, retirando-se do rancho.

XXVII

O silêncio que acompanhou a execução e que se prolongou por alguns momentos depois dela, um silêncio que não era senão acentuado pelo marulhar uniforme das ondas batendo contra o casco da nau ou pelo drapejar de uma ou outra vela, causado pela distração do timoneiro, que não resistiu à tentação de desviar os olhos para assistir à cena, esse silêncio foi gradualmente perturbado por um som que não é fácil descrever em termos verbais. Quem quer que já tenha escutado o barulho da vaga transbordante de um curso de água subitamente inundado por pancadas torrenciais de chuva em montanhas dos trópicos, pancadas não compartilhadas pela planície; quem quer que já tenha escutado o rumor inicialmente surdo do avanço desabalado dessa torrente através de bosques íngremes talvez consiga fazer alguma ideia do som que então se ouviu. O caráter aparentemente remoto de sua origem devia-se à sua indistinção murmurante, posto que vinha de bem perto dali, dos próprios homens amontoados no convés da nau. Por ser inarticulado, seu significado era dúbio, e o máximo que se pode dizer é que parecia indicar certa reviravolta caprichosa de opinião ou sentimento, como aquelas a que estão sujeitas as multidões em terra firme e que, no presente caso, talvez sugerisse a revogação taciturna do eco com que a marinhagem havia involuntariamente respondido à benção de Billy. Antes, porém, que o rumor tivesse tempo de se avolumar, transformando-se em clamor, foi arrostado com uma ordem estratégica, que a formulação abrupta e inesperada tornava ainda mais enfática:

– Contramestre, mande o quarto de estibordo descer, e cuide para que o façam.

Agudos como guinchos de gaivotas-rapineiras, os apitos argênteos do contramestre e de seus auxiliares trespassaram esse som baixo e ominoso, dissipando-o; e a chusma de marinheiros, capitulando ao mecanismo da disciplina, foi reduzida pela metade. Quanto aos que restaram, a maioria foi envolvida em ocupações temporárias, relacionadas com a mareação das vergas e coisas assim, serviços prontamente arranjados por qualquer oficial de quarto quando a ocasião o exige.

Ora, em alto-mar, todos os procedimentos subsequentes ao pronunciamento de sentenças capitais por cortes sumárias caracterizam-se por uma presteza que não se confunde perceptivelmente com pressa, embora chegue às raias disso. Como a rede que em vida Billy usara como cama já fora lastreada com projéteis e preparada quanto ao resto para lhe servir de caixão de lona, os últimos ofícios dos agentes funerários do mar, os assistentes do trinqueiro,[38] foram então rapidamente concluídos.

38 Especialista em consertar velas. [N. T.]

Quando tudo ficou pronto, um segundo sinal convocando todos ao convés – algo que o comando estratégico antes mencionado tornou necessário – foi emitido, agora para que a marinhagem testemunhasse o sepultamento.

Os detalhes desta última formalidade não precisam ser explicitados. Mas quando a prancha inclinada deixou seu frete escorregar no mar, ouviu-se um segundo murmúrio, humano e estranho, dessa vez mesclado com outro som indistinto, proveniente de certas aves marinhas de grande porte que, atraídas pela singular comoção produzida na água, voaram guinchando em direção ao ponto onde a rede mergulhara pesadamente no oceano. E aproximaram-se tanto do casco da nau que até o estrépito ou chiado ósseo das articulações flexíveis de suas rêmiges macilentas tornou-se audível. Impulsionada pela aragem suave, a nau prosseguia em seu curso, deixando o ponto sepulcral à ré, mas as aves continuaram a rodeá-la em voos rasantes, com a sombra móvel de suas asas estendidas e o réquiem guinchante de seus grasnidos.

Sobre marujos tão supersticiosos como os da época anterior à nossa, mareantes da marinha de guerra que, além do mais, haviam acabado de contemplar o prodígio do repouso na forma que se mantivera suspensa no ar e agora submergia nas profundezas; para matalotes como esses, a ação das aves marinhas, ainda que ditada por mera voracidade rapineira, estava prenhe de significados nada prosaicos. Teve início entre eles uma movimentação incerta, em que se observou alguma transgressão. Isso foi tolerado por um breve instante apenas. Pois subitamente soou o tambor, conclamando todos a seus postos para a passagem em revista – esse som familiar que se ouve pelo menos duas vezes ao dia e que, na presente ocasião, denotava extraordinária peremptoriedade. A longa submissão à verdadeira disciplina marcial acrescenta aos indivíduos medianos uma espécie de impulso, cuja operação à voz oficial de comando assemelha-se muito, em sua prontidão, à ação dos instintos.

O rufar do tambor dissolveu a multidão, que em sua maior parte espalhou-se por entre as baterias do convés principal e da primeira coberta. Aí, como de costume, as turmas de artilharia postaram-se diante de seus respectivos canhões, em posição ereta e em silêncio. De espadas em punho, os tenentes passaram em revista as baterias sob seu comando e, um a um, encaminharam-se ao tombadilho para transmitir seus relatórios ao primeiro-imediato, que os aguardava em seu posto com a espada debaixo do braço. Após ouvir o último desses relatórios, ele então apresentou, com a saudação de costume, um informe sumário ao comandante. Tudo isso levava tempo, coisa que, no presente caso, motivara a realização da revista uma hora antes que o habitual. Que tal desvio em relação ao costume fosse autorizado por um oficial como o capitão Vere, considerado por alguns um militar extremamente disciplinador, era evidência da necessidade de condutas atípicas, sugerida pelo estado de ânimo que ele julgava haver temporariamente tomado conta de seus homens. "Para o gênero humano", dizia ele, "as formas, as formas uniformes, são tudo; e este é o significado implícito na história em que Orfeu enfeitiça com sua lira os habitantes selvagens da floresta" – assertiva que ele certa vez aplicou à disrupção das formas em curso do outro lado da Mancha e às consequências que daí advinham.

Durante essa passagem em revista anormal, tudo decorreu como de costume. No tombadilho, a banda tocou uma ária sacra, após o quê o capelão conduziu a costumeira cerimônia matinal. Feito isso, o tambor soou o toque de recolher; e, harmonizados pela música e pelos ritos religiosos que ali estavam para servir à disciplina e aos propósitos bélicos, os homens, com seus modos ordeiros de sempre, dispersaram-se e rumaram para os lugares que lhe eram reservados quando não tinham de permanecer a postos junto aos canhões.

Agora já era dia pleno. O velo de bruma que pairava baixo no céu desvanecera-se, consumido pelo sol que pouco antes tanto o glorificava. E em sua claridade serena, a atmosfera circundante tinha a suavidade de um bloco de mármore branco recém-polido que ainda repousasse no pátio do marmorista.

XXVIII

A simetria formal que é possível alcançar na ficção não pode ser tão prontamente atingida em uma narrativa que, em essência, tem menos a ver com fábulas do que com fatos. A verdade, quando relatada sem concessões, sempre tem suas arestas mal-aparadas; razão pela qual a conclusão de tal narrativa tende a ser menos bem-acabada que um remate arquitetônico.

O que sucedeu ao Belo Marujo durante o ano do Grande Motim foi fielmente dado a saber aqui. No entanto, embora a história propriamente dita se encerre com sua vida, não será impróprio oferecer algo à guisa de desenlace. Três breves capítulos bastarão.

Em razão do rebatismo generalizado ao qual, sob o Diretório, foram submetidos os navios que originalmente compunham a marinha da monarquia francesa, a nau de linha *St. Louis* passou a chamar-se *Athée*, ou *Ateu*. Este nome, como outros da armada revolucionária, conquanto proclamasse a audácia infiel do poder dominante, foi, pensando bem, e ainda que de forma não intencional, o nome mais apropriado jamais atribuído a uma belonave; mais ainda que o das naus *Devastation*, *Erebus* (ou *Inferno*) e outros nomes similares conferidos a navios de guerra.

Na jornada de regresso à esquadra inglesa, findo o cruzeiro solitário durante o qual tiveram lugar os eventos já registrados, a *Bellipotent* topou com a *Athée*. Seguiu-se uma refrega, em cujo transcorrer o capitão Vere, manobrando para colocar sua nau lado a lado com o inimigo, tendo em vista lançar seus abordadores por cima da amurada adversária, foi atingido por um tiro de mosquete disparado de uma das portinholas da cabine principal da nau francesa. Bastante estropiado, ele desabou no convés e foi levado para baixo, para a mesma enfermaria onde jaziam alguns de seus homens. O capitão-tenente assumiu o comando. Sob suas ordens, a nau inimiga foi enfim capturada e, graças a rara fortuna e embora estivesse muito danificada, acabou sendo levada com sucesso para Gibraltar, porto inglês não muito distante da cena da contenda. Lá, junto com os outros feridos, o capitão Vere foi transportado para terra firme. Sobreviveu por alguns dias, mas sobreveio o fim. Infelizmente, foi-se cedo demais para o Nilo e Trafalgar. O espírito que, a despeito de sua austeridade filosófica, talvez houvesse cedido à mais secreta de todas as paixões, a ambição, jamais logrou atingir a plenitude da fama.

Não muito antes da morte, enquanto jazia sob a influência daquela droga mágica que, confortando o corpo físico, opera misteriosamente sobre o elemento mais sutil do homem, ele foi visto murmurando palavras que pareceram inexplicáveis a seu atendente:

– Billy Budd, Billy Budd.

Que tais palavras não foram pronunciadas em tom de remorso é algo que ficou claro em função do que disse o atendente ao capitão dos fuzileiros da *Bellipotent*, o qual, sendo dentre os membros da corte sumária o que mais relutara em condenar o marujo, sabia muito bem, embora guardasse a informação para si mesmo, quem era Billy Budd.

XXIX

Algumas semanas após a execução, em meio a outros assuntos reunidos sob o título "Notícias do Mediterrâneo", um relato sobre o caso apareceu num semanário oficial. Não há dúvida de que, em sua maior parte, o relato foi escrito com boa-fé, se bem que as prováveis fontes do redator, parcialmente baseadas em rumores, tenham se prestado a deturpá-lo e, em certa medida, falseá-lo. O relato dizia o seguinte:

"No dia dez do mês passado, um incidente deplorável ocorreu a bordo da HMS *Bellipotent*. John Claggart, mestre-d'armas da nau, após haver descoberto que algum tipo de conspiração, ainda incipiente, estava sendo organizada junto a uma das seções inferiores da tripulação, tendo como cabeça um certo William Budd; ele, Claggart, ao denunciar o sujeito perante o capitão, foi vingativamente apunhalado no coração por Budd, que de forma inesperada o atacou com uma faca desembainhada.

"O feito e o instrumento utilizado são suficientes para sugerir que, embora alistado com nome inglês, o assassino não era súdito do rei britânico, e sim um desses estrangeiros que adotam alcunhas inglesas e que as necessidades extraordinárias impostas pelo momento obrigaram a admitir em números consideráveis na marinha.

"A enormidade do crime e a extrema perversidade do criminoso ficam ainda mais evidentes quando se considera o caráter da vítima, um respeitável e discreto homem de meia-idade, pertencente àquela graduação hierárquica inferior, a dos suboficiais, da qual, como sabem melhor que ninguém os oficiais de patente, tanto depende a eficiência da marinha de Sua Majestade. O posto impunha-lhe responsabilidades a um só tempo onerosas e ingratas, e a lealdade com que a elas se dedicava era ainda maior graças a seu vigoroso ímpeto patriótico. Neste caso, como em tantos outros que sucedem nos dias de hoje, o caráter desse homem desafortunado desmente, se é que o desmentido era necessário, aquele dito impertinente atribuído ao falecido dr. Johnson, segundo o qual o patriotismo é o último refúgio dos canalhas.[39]

"O criminoso pagou por seu crime. A agilidade com que a punição foi aplicada revelou-se saudável. Já não há mais receio de qualquer impropriedade a bordo da HMS *Bellipotent*."

Tendo aparecido em uma publicação há muito tempo extinta e esquecida, o que vai acima é tudo o que até agora restava nos anais humanos para atestar a espécie de homens que foram, respectivamente, John Claggart e Billy Budd.

39 Samuel Johnson (1709-1784), crítico, ensaísta, poeta e lexicógrafo, considerado um dos intelectuais ingleses mais importantes do século XVIII. [N. T.]

XXX

Durante certo tempo, tudo na marinha é venerado. Qualquer objeto tangível associado a incidentes extraordinários ocorridos em serviço é convertido em monumento. Por alguns anos, os marujos cuidaram em não perder de vista a verga à qual o gajeiro fora içado. Trocavam notícias a seu respeito, acompanhando-a de nau a arsenal e novamente de arsenal a nau, sem deixar de persegui-la nem mesmo quando foi enfim reduzida a mero pau-de-carga para serviços de estaleiro. A seus olhos, qualquer lasca dela era como um pedaço da Cruz. Embora ignorassem os detalhes secretos da tragédia, e embora não pensassem senão que, de um ponto de vista naval, a punição fora de certa forma inevitável, apesar de tudo isso sentiam de modo instintivo que Billy havia sido um desses homens incapazes de alimentar intenções amotinadoras ou de perpetrar assassinatos intencionais. Guardavam na memória a figura jovem e vivaz do Belo Marujo, aquele semblante jamais deformado por escárnio ou qualquer outro mais sutil capricho infame do coração. Tal impressão foi sem dúvida aprofundada pelo fato de que ele se fora, e de que se fora de forma até certo ponto misteriosa. Nos conveses de bateria da *Bellipotent*, o apreço geral por sua natureza e simplicidade inconsciente acabou encontrando expressão grosseira nas mãos de outro gajeiro, um de seu próprio quarto, dotado, como alguns marujos o são, de um mal-adestrado temperamento *poético*. O matalote produziu alguns versos, os quais, após terem circulado por algum tempo no interior da armada, foram por fim toscamente publicados em Portsmouth sob forma de balada. Deram-lhe como título o nome do marujo.

BILLY METIDO EM FERROS

Bondade demonstrou o capelão
Ao vir a esta baia solitária,
Ajoelhar-se em uma oração
Por mim, Billy Budd, e os de minha laia.
Mas veja!, o luar errante invade a cela,
Toca o alfanje, prateia a sentinela.
Desvanecerá, bem sei, no arrebol
Do derradeiro dos dias de Billy:
Içado ao lais da verga por um briol,
Qual pingente que dei a Bristol Molly,
É a mim que amanhã farão de brinco,
Não à sentença, levada com afinco.
Ai!, agora que tudo veio a lume,
Terei de ir muito além do papafigo;
Não de pança vazia, que o costume
É receber biscoito e um trago amigo,
Antes que – todos a evitar moitão
E laço – sabe lá Deus qual saião
Me arvore até eu beijar da verga o braço.
– Não houvesse à driça apito a soar!
Há nessa vida algo além de trapaça?
Turva-me a vista, estou a sonhar:
Cortam-me a espia, largam-me à deriva?
Nem da hora da caninha Billy priva?
Mas junto à prancha Donald há de estar
E a mão me dará, antes que eu afunde.
Qual o quê! De que isso servirá,
Se morto estarei, mais que moribundo?

Lembro-me de Taff, o galês, seu rosto,
Quando ao mar o jogaram, descomposto.
Eu à rede porém irei atado.
Cairei pelos abismos do oceano,
Até chegar ao fundo mergulhado
Em braças e mais braças de um só sono.
Sinto avançar ainda agora o torpor.
Guarda, está aí? Faça-me um favor:
Folgue esses ferros que ferem o pulso.
– E que não seja brusco o seu impulso!
A sonolência é tão larga que abraça,
E ao limo e às algas já me enlaça.

Apêndice

*O baleeiro literato** por Cesare Pavese

A importância deste escritor oitocentista, que só hoje renasce para a fama, pode ser condensada em uma única distinção: nós, filhos do século XIX, trazemos nos ossos o gosto das aventuras, do primitivo, da vida real, que seguem e sucedem à cultura e nos libertam das complicações, funcionando como um cataplasma para a pequena alma decadente e enferma de civilização; os nossos heróis ainda se chamam Rimbaud, Gauguin e Stevenson, ao passo que Herman Melville viveu as aventuras reais, o primitivo, foi bárbaro, para só depois entrar no mundo do pensamento e da cultura, levando para ali a sanidade e o equilíbrio conquistados na vida. Ora, é ponto pacífico que nós há algum tempo experimentamos uma grande necessidade de rebarbarização. Demonstram-no o gosto renovado pelas viagens e pelo esporte, o cinema, o jazz, o interesse pelos negros e, o que é supérfluo recordar, por tudo aquilo que chamamos de antiliteratura. Sem dúvida, tudo isso é muito belo. Mas é a maneira que ofende. Pois me parece que, no fervor antiliterário, tende-se a um primitivismo que

* "Il Baleniere Letterato" foi publicado originalmente em *La Cultura*, em janeiro de 1932.

beira a imbecilidade. Ou melhor, a fraqueza: é torpe refugiar-se das complicações em um paraíso de simplicidade que, afinal, é apenas mais um dos refinamentos da civilização. Eu estava errado: o nosso herói não é Rimbaud ou Gauguin ou Stevenson, é o destroço humano. Ao passo que o ideal de Melville culmina em Ismael, um marinheiro capaz de remar com os colegas iletrados meia jornada atrás de uma baleia e que depois se retira nas alturas para meditar sobre Platão.

Não por acaso Herman Melville é um norte-americano – esses retardatários da cultura que são considerados por seus defensores os responsáveis pela rebarbarização de nossos ideais e que, de fato, sem lamentações, têm muito a nos ensinar sobre esse assunto. Souberam renovar-se, passando à cultura pela experiência primitiva e real; não renegando um termo por outro, como nós, mas enriquecendo, retemperando e potencializando, por meio daquilo que chamamos de vida, a literatura.

"Um pensamento não significa nada de nada se não for pensado com todo o corpo", eis aí uma sentença bem americana, e toda a tradição dos Estados Unidos aspira, consciente ou inconscientemente, a esse ideal, de Thoreau a Sherwood Anderson, conseguindo criar poderosos indivíduos que passam um bom número de anos barbaramente, vivendo e absorvendo tudo, e depois se entregam à cultura, reelaborando a realidade experimentada em pensamentos e imagens que, por sua dignidade e franqueza serena e viril, têm algo daquele equilíbrio que costumamos chamar de grego. Estamos longe dos paraísos artificiais que acolhem no vértice do mundo os nossos barbarizados esquivos.

Herman Melville entrou na vida adoentado e alheio. Parece que garatujava aos dezenove anos. Depois, de repente, o mar: quatro anos de peripécias e de companheiros, a caça às baleias, as

Marquesas, uma mulher, Taiti, Japão, os cetáceos, algumas leituras, muitas fantasias, Callao, o Cabo Horn até que, em Boston, em outubro de 1844, desembarca um homem esquadriado, queimado de sol, conhecedor dos vícios humanos e de seu próprio valor. "Um cavalheiro plenamente desenvolvido é sempre robusto e saudável", dirá mais tarde Melville, em meio a uma vida de apertos, melancolias e desgraças. Porque essa gente, tão prática, não é nada superficial ou fácil. Quase todos os escritores norte-americanos que mais levaram adiante, na literatura, esse ideal de equilíbrio e de serenidade, fizeram sua obra em meio a duras dificuldades, mergulhados na necessidade e na doença. Um exemplo entre todos é Whitman, paralítico por quase vinte anos e miserável crônico. Mas isso também contribuiu para a sua experiência da realidade, concentrando-lhes o pensamento, tornando-os mais conscientes. A sanidade dessa gente está, mais que no corpo – que é a sua precondição –, na vitalidade e na franqueza de espírito que sobrevivem à integridade física.

Nem mesmo Melville, na longa vida literária que começa no dia do desembarque em Boston, será o escritor fecundo, um pouco fácil e exterior que seria de esperar de quem viajou e viu coisas exóticas. Vários de seus livros fracassarão, apesar dos esforços heroicos, mesmo se tratando, como no caso de *Mardi*, de magníficos males de crescimento; outros, como *Moby Dick*, serão reelaborados e torturados até consumirem sua saúde, e nisso ele é irmão de muitos outros compatriotas "bárbaros", que foram dos mais insatisfeitos e refinados cinzeladores do século.

Melville é verdadeiramente um grego. Leiam as evasões da literatura europeia e vocês se sentirão mais letrados do que nunca, pequenos, cerebrais, efeminados; leiam Melville, que não se envergonha de começar *Moby Dick*, o poema da vida bárbara, com oito páginas de citações, que prossegue discutindo e citando sem parar, fazendo-se de literato, e vocês sentirão os pulmões se expandir, o cérebro se ampliar, mais vivos e mais humanos. Assim como nos gregos, a tragédia (*Moby Dick*) tem seu lado tenebroso, mas a serenidade e franqueza do coro (Ismael) é tanta, que sempre se sai do teatro com um sentido de exaltação das próprias capacidades vitais.

Herman Melville é sobretudo um homem de letras e de pensamento que começou a vida como baleeiro, robinson e vagabundo. Tem-se um inequívoco exemplo do seu modo de ser na leitura do elogio da sabedoria naval por um lobo do mar conhecido e respeitado por todos como o Nobre Jack, que nos momentos de ócio costuma recitar, aos colegas mais dignos, trechos dos *Lusíadas*.

É preciso ter em mente em que consiste essa cultura de Melville. Seria um erro achar que esse homem tenha sido formado pela cultura do século XVIII. Como ocorre com todo o mundo literário dos Estados Unidos, de 1830 a 1850 – Poe, Emerson, Hawthorne, Alcott etc –, o século XVIII, ainda que conhecidíssimo, está superado, pelo menos em seus aspectos mais setecentescos. Benjamin Franklin só interessa aos patriotas. Os gostos dessa "época de ouro" são afins aos gostos ingleses de Coleridge, Keats ou Shelley: para eles, o grande século é o XVII, século espiritual que também compreende pelo menos boa metade do XVI. Mas Keats e Shelley buscavam no início do século XVII sobretudo uma tradição lírica e estilística, ao passo que os americanos, sobretudo Melville, descobrem nele raízes mais profundas, não apenas na memória da crise histórica que originou a colônia, mas também na necessidade de referências espirituais para a sede feroz de liberdade interior, de além e de desconhecido, que deu vida e tradições a essa colônia.

Esse americanos da Nova Inglaterra eram grandes leitores da Bíblia (e note-se que a versão autorizada em inglês é de 1611). Em *Moby Dick*, sente-se sua presença a cada passo, não somente no aspecto fonético dos nomes Ahab, Ismael, Raquel, Jeroboão, Bildad, Elias e todos os outros, mas também no espírito contínuo de puritanismo terrível e severo, que faz daquilo que poderia parecer um *tale of terror* à Poe uma sombria tragédia moral, em que a catástrofe é obra não de uma força humana ou natural, mas de um monstro que atende por leviatã.

O curioso é que Melville mantém diante da Bíblia uma atitude racionalista e sem preconceitos. Há em *Moby Dick* um divertidíssimo capítulo sobre "Jonas considerado historicamente". E é aqui que de fato entra em cena o século XVII.

Entretanto o tom frio da nova língua científica e filosófica que estava se formando, misturando o manto latinizante aos impulsos nervosos e quase dialetais da nova sensibilidade, ecoa com frequência nas páginas do baleeiro puritano. Se tivesse a certeza de que ele o havia lido, eu diria que a maior influência de Melville foi Giordano Bruno. Mas seria espinhoso tratar dessas coisas. De qualquer modo, os escritores que cientificamente estariam mais próximos dele seriam Rabelais e os elizabetanos. Lá está o gosto do catálogo, da abundância verbal e do *vivez joyeux*. Por vezes, Melville chega até a citação burlesca. E os elizabetanos lhe deram aqueles brilhos de estilo, aquelas vestiduras de imagens, aquele amor pelos contrastes que terminam sendo mais desenvoltura de imaginação que outra coisa. Mas o racionalismo platônico, especialmente dos ensaístas ingleses, que corre subreptício em todas as manifestações espirituais do século, foi a fonte em que Melville mais bebeu. Assim como ele leu a Bíblia, leu também Platão e, suponho, todos os neoplatônicos e os místicos, do primeiro ao último. Mas a forma histórica com que essas tendências se apresentaram foi, sem dúvida, a do século XVII inglês. Thomas Browne foi um dos seus pais espirituais, não só um mestre de estilo, e aquela sentença da *Religio Medici* ("este Mundo visível não é mais que uma Imagem do invisível onde, como em um Retrato, as coisas não são realmente, mas apenas em formas equívocas") não apenas ressurge na epígrafe da *Balada do Velho Marinheiro* de Coleridge – outra chave essencial para a compreensão de *Moby Dick* –, mas retorna nesta mesma obra com a fala do capitão Ahab, que, apesar de louco, em matéria de filosofia é da mesma escola de seu autor. Ora, Browne é, além de mago místico, um sutil racionalista, que encontrou certas razões para a fé cristã que algumas cabeças obtusas consideraram heréticas e ateias.

Essa é a constituição de Melville. Nas primeiras obras de assunto polinésio – *Typee* (1846) e *Omoo* (1847) – e em *White Jacket* (1850), ele ainda é um jovem robusto, que ama o sol e o vento, as belas garotas indígenas e as aventuras que terminam bem; pode-se dizer que ainda é inconsciente. Mas abram *Mardi* (1848) e finalmente *Moby Dick* (1851) e vocês encontrarão a experiência mais vasta de um homem atormentado por coisas insolúveis, a ponto de resultar, como em *Mardi*, em estranhezas e pastiches alegóricos, e, em *Moby Dick*, em certas declamações desesperadas; mas sobretudo em uma lúcida e sutil pesquisa, em um trabalho científico de análise, de meditação e de citação contínuas, na tentativa de resolver o mistério.

Ora, seria preciso bem mais para dar, aqui, uma ideia clara e sintética de *Moby Dick*, mas, a fim de convidar o leitor a passar à leitura do livro, direi que se trata da viagem da baleeira *Pequod* por três oceanos, o Atlântico, o Índico e o Pacífico, à caça de baleias, como creem os armadores e a tripulação ao subir no navio; mas também trata de como, numa cenografia de assombrações, o capitão revela sua intenção de matar a Baleia Branca, famosa pela ferocidade, que havia mutilado Ahab. Toda a substância do livro – que tem por subtítulo *A Baleia* – está no prodigioso equilíbrio entre particularidades técnicas, realistas (que descrevem os usos do mar e da caça), os vestígios sobrenaturais de profecias e os sinais irradiados como um halo do cruel e bíblico Ahab, tomado por sua monomania. Para a tripulação do *Pequod*, Moby Dick torna-se um mito confuso, com o habitual fundo alegórico formando-se no magnetismo que ela exerce sobre o comandante e nos terrores lendários que surgem de suas gestas, referidas pelos navios encontrados no caminho.

Mas o enigma permanece enigma, e a Baleia Branca desaparece com todos os seus atributos, de modo que não se sabe nada sobre ela – ou, precisamente por isso, sabe-se tudo. Afinal, Melville não é um borra-botas que se vale de um halo de mistério sempre que necessita de um efeito, quando não lhe ocorre o que dizer. Melville é um daqueles São Tomás da razão que lançaram luzes sobre o século XVII. Assim como os Apóstolos não queriam crer na ressurreição, em *Moby Dick* Melville não quis acreditar nos eflúvios fantasmagóricos, não quis acreditar que Fedallah, o chefe dos malaios de Ahab, fedesse a enxofre, não quis acreditar nas profecias nem na ferocidade dos tubarões atrás da lança de Ahab, que tenta explicar pelo fato de os tubarões preferirem a carne dos malaios. Aquilo que permanece mistério em *Moby Dick*, o demonismo do universo, a consciência que está por trás de forças naturais destrutivas, esse "mundo invisível de que o visível não é mais que um retrato", tudo isso é realmente mistério – tendo em vista o mundo espiritual do autor –, e um crítico fantasioso diria que, aos que tentarem ir além na explicação, está reservado o mesmo fim do capitão Ahab.

Que foi, aliás, o mesmo fim de Melville quando, mais confiante, tentou fazer em *Pierre* (1852) a análise psicológica – como, em 1848, havia tentado em *Mardi*, mas em surdina, uma análise metafísica e social – do mal do mundo, das contradições da moral, do muro cego "contra o qual finalmente se chocam todas as cabeças que perguntam". Na visão de Melville, sua cultura, sua preparação e experiência, essa "metade do mundo" deve permanecer um mistério, como ocorre em *Moby Dick* – e por isso *Moby Dick* é uma grande obra. Todos os outros livros – excluídos os mais juvenis, que ignoram esse problema, e obras menores como as novelas *As Encantadas* (1854) e *Benito Cereno* (1855) – fracassam mais ou menos por isso. Seria possível dizer: neles o racional aniquila o transcendente. Notável, entre outros, é *O Vigarista* (1857), que, numa espécie de comédia humana transcorrida num vapor do Mississipi, tenta ancorar a humanidade com intenções polêmicas e pessimistas, mas só consegue criar uma sátira diluída, obscura e pesada.

Em *Mardi* – história simbólica das peregrinações de Taji, perseguidor de um ideal não muito bem definido pela região da Polinésia, transformada num triste mapa-chave em que cada nome corresponde a um Estado ou instituição do mundo ocidental –, o equilíbrio entre racional e transcendente, necessário à arte madura de Melville, é comprometido precisamente pela vivisseção alegórica e filosófica a que são submetidos os "enigmas". E malgrado o ambiente dos Mares do Sul (como em *Typee* e em *Omoo*), malgrado as muitas e boas passagens satíricas, paródicas e os diálogos filosóficos, malgrado a elegância e precisão de certos símbolos, o livro fracassa em seu conjunto. Mas, como eu disse, há a desculpa de que esses são os males inerentes ao crescimento, de que *Mardi* abriu o caminho a *Moby Dick*.

No entanto *Pierre, ou As ambiguidades* não tem nenhuma desculpa. O livro é uma tentativa psicológica de demonstrar que a sociedade e o universo são mal construídos, que a perfeição moral não conduz ao bem, que um ato de abnegação (o matrimônio que Pierre contrai com uma irmã natural, a fim de lhe dar uma casa) se torna, nas amarras da sociedade e da vida, uma monstruosidade (o amor mais que fraterno dos dois). A maldade da Baleia Branca tenta instalar-se, sem deixar espaço ao sobrenatural, ao mistério. Então acontece o habitual desequíbrio: o estilo se torna convulsivo; a inspiração, epilética e fragmentária; o sentido das proporções sucumbe; sobre algumas páginas talhadas à antiga, estende-se um pântano de palavrório, incongruências e sutilezas, não só tedioso, como afinal ingênuo. O livro parece escrito por Ahab.

Como ocorre com todas as grandes obras, a análise de *Moby Dick* é interminável, sempre há um novo ângulo de mirada, novos sentidos, uma importância renovada. Já apontei o que me parece ser seu significado mais definitivo na história da literatura, mas o que sabem os leitores de sua austera fatura de legenda, desse tom que não se resolve em devaneio imaginativo, mas está impregnado de uma severa meditação moral? Ou da tranquilidade nervosa e solene, às vezes tocada por um sorriso malicioso, com que se encadeiam os capítulos realistas de descrição, de informação e de discussão? Sua marca é o sentimento contínuo do enorme, do sobre-humano, para o qual todo o livro converge num prodígio de construção, em que a atmosfera jocosa e puritana do início e depois a "científica" das longas explicações centrais fundem-se na última parte em um espírito de lúcida e vigorosa temeridade, quase mítica, à medida que o nome e a fama da Baleia Branca, mantida fora de cena até o desfecho, crescem e se agigantam até ocupar todos os ambientes, gestos e pensamentos. Para mostrar a construção integral desta obra seria preciso fazer um comentário página a página, ao longo das seiscentas que tem. Só assim se poderia esgotar a riqueza de meios e de efeitos de *Moby Dick*.

Resta o Melville menor, as primeiras obras mais substancialmente autobiográficas: *Typee*, a vida primitiva e idílica entre os canibais das Marquesas; *Omoo*, as peregrinações pelas ilhas da Sociedade, entre colonos e nativos; *White Jacket*, a vida militar de Melville, a bordo de um navio de guerra, um dilúvio de figuras, de caricaturas, uma escola de vida e de humanidade. Estes, para quem não os leu, podem até parecer os tais livros bárbaros que o baleeiro – não mais puritano, mas pagão – devia ter escrito.

Já citei uma passagem de *White Jacket*, que dá bem a medida de quanto Melville fosse inculto nessa obras, mas é possível objetar que *White Jacket* é de 1850, ou seja, posterior a *Mardi*, e que inegavelmente a Polinésia dos primeiros livros tem um tom bem mais ingênuo que o dos três romances já citados, *Mardi*, *Moby Dick* e *Pierre*. Poderíamos acrescentar que isso salta aos olhos especialmente em *Mardi*, onde, embora Yillah (o ideal feminino que a personagem persegue entre as ilhas) não seja simplesmente a Fayaway de *Typee*, isto é, a inocência e a graça em carne e osso, mas um símbolo metafísico dessas e de outras virtudes semelhantes, a narrativa – que abre o livro – da bonança no mar, o idílio com Yillah no paraíso de Mardi e alguns trechos seguintes, que brilham entre as alegorias, têm ainda o tom fluente e livre de sofisticações das melhores páginas de *Typee* e de *Omoo*. Ora, essa discrepância entre as duas partes de *Mardi* assinala precisamente a diferença entre o Melville menor e o autor de *Moby Dick* e de *Pierre*. A intromissão de novas inquietações ideológicas, sob a forma de alegoria, de psicologia barroca ou de mistério, será a desgraça e também a glória do Melville tardio. As pequenas obras que agora temos sob os olhos ignoram essas inquietações, ignoram o mistério do universo, o célebre problema da Baleia Branca. Evitam, deste modo, o fracasso clamoroso de um *Pierre*, mas também estão impedidas de alcançar o milagre de um *Moby Dick*.

Esta é a diferença. Mas o parentesco espiritual com o restante da obra reside no tom, simples, consciente de si e, por isso, mais digno. Para além da primeira impressão, o fascínio dos três livros reside em sua fala contínua, na efervescência de espírito, de caricatura e de alegria de viver, sobre um fundo de imensa serenidade, como a cintilação do oceano que descrevem. O que é *Typee* senão o confronto contínuo, estabelecido por um homem de perfeita educação ocidental, entre certas degenerações e aberrações de sua civilização e o testemunho vivo de uma civilização mais simples, mas essencialmente mais curiosa e cheia de encantos ? E o que são *Omoo* e *White Jacket* senão uma deslavada comédia, em que o juiz Dante sorri cheio de saúde e cordialidade aos camaradas, mesmo sendo no fundo diferente deles, fazendo, nas ilhas do arquipélago, uma sábia parceria com o Doutor e, no navio de guerra, com o Nobre Jack, julgando os outros, mesmo os grandes, como o cônsul, o capitão e o comodoro, com a tranquila segurança do homem *estudado*?

Mas eu não gostaria que este Melville ficasse na memória como um terrível pedante, empenhado em distribuir, sob o disfarce das aventuras, suas doses de pó livresco. Dá gosto notar como Melville, quando escreve, recorda os livros que leu e os cita como um homem, avaliando-os sem repugnância em seu justo valor, sempre com um meio sorriso entre a barba. Nele, essa maneira espirituosa de erudito a passeio pelos oceanos é o estrato epidérmico de uma estrutura espiritual de extraordinária profundidade.

Finalmente, Melville deixou versos, escritos na velhice ou quase, versos metrificados e rimados. Mas o que poderia dizer em metros o narrador de *Moby Dick* e *As Encantadas*?

Há algo nele que lembra Walt Whitman. Com o sábio de Camden, Melville não compartilha apenas a rebelião diante das pequenas coisas de seu tempo, a mista genealogia inglesa e holandesa, as datas de nascimento e quase de morte. Aproxima-os a lenta consumpção na velhice, no cansaço e na solidão, acompanhada do espetáculo melancólico da literatura tornada hábito, da "tagarelice" dos últimos anos, que tenta desesperadamente recuperar uma nota das sinfonias oceânicas da idade viril.

Mais sorte teve Whitman, que, após o obstinado otimismo dos anos criativos, descobre na dor e na desilusão uma última veia tênue de poesia menor, de "morte celestial", de resignação crepuscular. Mais triste é Herman Melville, que já havia expressado a dor, o além incognoscível e o nada na grande legenda marítima, e agora se encontra no fim, diminuído e vazio, com nada mais que um estribilho no coração.

Tradução Maurício Santana Dias

Sugestões de leitura

Como se sabe, Herman Melville não viveu para ver *Billy Budd* em livro. A primeira edição da novela é de 1924, mas considera-se que a edição mais confiável é a de Harrison Hayford e Merton Sealts Jr. (Chicago: University of Chicago Press, 1962); entre outras coisas, essa edição consagrou a mudança de título, de *Billy Budd, Foretopman* para *Billy Budd, Sailor.*

A biografia mais completa é a de Hershel Parker, *Herman Melville. A Biography*, em dois volumes (Baltimore: Johns Hopkins University Press, 1996 e 2002). Um perfil mais breve foi traçado pela romancista Elizabeth Hardwick, *Herman Melville* (Nova York: Viking, 2000). Jay Leyda é o compilador emérito de materiais biográficos e iconográficos sobre Melville; seu *The Melville Log. A Documentary Life of Herman Melville* não para de crescer desde a primeira edição (Nova York: Harcourt Brace, 1951). A primeira recepção crítica do autor foi coletada pelo mesmo Parker em *Herman Melville. The Contemporary Reviews* (Cambridge: Cambridge University Press, 1995).

Há pelo menos três monografias clássicas sobre o autor de *Moby Dick.* A primeira é de Lewis Mumford, *Herman Melville* (Nova York: Harcourt Brace, 1929), seguida pelos estudos de

Richard Chase, *Herman Melville. A Critical Study* (Nova York: Macmillan, 1949) e Charles Olson, *Call Me Ishmael* (Nova York: Grove, 1958). Antologias de ensaios foram organizadas pelo mesmo Chase, *Melville. A Collection of Critical Essays* (Englewood Cliffs: Prentice Hall, 1962), e por Robert Levine, *The Cambridge Companion to Herman Melville* (Cambridge: Cambridge University Press, 1998).

Sobre *Billy Budd*, há uma longa bibliografia, em grande parte anotada na edição de Hayford e Sealts. Além desses, há *Reading Billy Budd* (Evanston: Northwestern University Press, 1990), em que Hershel Parker faz uma leitura cerrada para mostrar as implicações da edição de 1962. Eugenio Montale traduziu a novela em 1942, e seu prefácio pode ser lido como "An Introduction to *Billy Budd*", in *Sewanee Review* 68, 1960. Roger Shattuck discorre sobre "Culpa, justiça e empatia em Melville e Camus", capítulo de seu *Conhecimento Proibido* (São Paulo: Companhia das Letras, 1998). Em Robert Milder (org.), *Critical Essays on Melville's Billy Budd, Sailor* (Boston: G. K. Hall, 1989), o leitor encontra um apanhado do que a crítica americana produziu sobre a novela desde sua publicação. Ensaios mais recentes foram reunidos em D. Yannella (org.), *New Essays on Billy Budd* (Cambridge: Cambridge University Press, 2002).

Sobre o momento literário norte-americano do qual Melville é um dos protagonistas, deve-se ler o clássico de F. O. Matthiessen, *American Renaissance* (Nova York: Oxford University Press, 1941), seguido de David Reynolds, *Beneath the American Renaissance. The Subversive Imagination in the Age of Emerson and Melville* (Nova York: Knopf, 1988). Indispensável é o estudo de Harry Levin sobre Hawthorne, Poe e Melville, *The Power of Blackness* (Nova York: Criterion, 1960). Richard Chase é também autor de *The American Novel and its Tradition* (Garden City: Doubleday,

1957). A vida literária de Nova York é o assunto de Perry Miller em *The Raven and the Whale: Poe, Melville, and the New York Literary Scene* (Baltimore: Johns Hopkins University Press, 1997). Alguns dos motivos centrais de *Billy Budd* são examinados em grandes estudos temáticos: W. H. Auden, *The Enchafèd Flood, or The Romantic Iconography of the Sea* (Nova York: Random House, 1950); R. W. B. Lewis, *The American Adam. Innocence, Tragedy, and Tradition in the Nineteenth Century* (Chicago: University of Chicago Press, 1955); e Leslie Fiedler, *Love and Death in the American Novel* (Nova York: Criterion, 1960).

Entre os escritores, vale conferir as opiniões de D. H. Lawrence em seus *Studies in Classic American Literature* (Nova York: Thomas Seltzer, 1923). Albert Camus escreveu um ensaio surpreendente sobre "Melville", in *A inteligência e o cadafalso* (Rio de Janeiro: Record, 1998). O autor americano é tema de um belo poema de Auden, "Herman Melville" (1939), incluído na antologia de *Poemas* (São Paulo: Companhia das Letras, 1989),que organizaram e traduziram José Paulo Paes e João Moura Jr.

O romancista E. M. Forster assinou, com Eric Crozier, o libreto para a ópera *Billy Budd* (1951), de Benjamin Britten. E o poeta italiano Salvatore Quasimodo concebeu um "Oratorio per Billy Budd", publicado em *Inventario* 2, 1949, e posto em música por G. F. Ghedini.

Após 2003, foram publicados quarto outros livros importantes na bibliografia melvilliana: Andrew Delbanco, *Melville: His World and Work*, Knopf, 2005; Hershel Parker, *Melville: The Making of the Poet*, Northwestern University Press, 2007; Robert Milder, *Exiled Royalties: Melville and the Life We Imagine*, Oxford University Press, 2006; Giles Gunn (ed.), *A Historical Guide to Herman Melville*, Oxford University Press, 2005.

Sobrecapa: detalhe de "Um dos conspiradores contra Lincoln antes de sua execução" (1865), fotografia de Alexander Gardner

Coleção Prosa do Mundo
Coordenação Samuel Titan Jr.
Conselho editorial Augusto Massi e Davi Arrigucci Jr.

Projeto gráfico da coleção Fábio Miguez
Capa Raul Loureiro
Composição Jussara Fino
Preparação Alípio Correia de Franca Neto
Revisão Maria Helena Arrigucci, Samuel Titan Jr. e Andressa Veronesi

2ª edição, 2009

Nessa edição, respeitou-se o novo Acordo Ortográfico da Língua Portuguesa.

Catalogação na Fonte do Departamento Nacional do Livro
(Fundação Biblioteca Nacional)

Melville, Herman, 1819-1891
Herman Melville: Billy Budd
São Paulo: Cosac & Naify Edições, 2003
Tradução: Alexandre Hubner
160 pp.
[Coleção Prosa do Mundo; 12]

ISBN: 978-85-7503-104-9 (obra completa)
ISBN: 978-85-7503-180-3 (v. 12) CDD 823EU

1. Literatura norte-americana 2. Narrativa norte-americana
3. Herman Melville

COSAC NAIFY
Rua General Jardim, 770, 2º andar
01223-010 São Paulo SP
Tel. [55 11] 3218 1444
www.cosacnaify.com.br

Atendimento ao professor [55 11] 3218 1473

TIPOLOGIA Bembo
PAPEL Chamois Fine Dunas 80 g/m²
IMPRESSÃO RR Donnelley
TIRAGEM 2000